拂石記

朱少璋——著

匯智出版

目錄

下編：彼岸

序：此岸有人拂石

一

有文學研究背景的文友由衷地帶點學術腔説：香港文壇有東渡彼岸的趨勢。

此岸與彼岸向來有迷與覺或苦與樂的暗示——「登彼岸」就是捨迷得覺或離苦得樂的意思。可幸「此」與「彼」是相對的觀念：一水中分，哪一頭都可以是「此岸」也可以是「彼岸」。客套常用語「彼此彼此」正是表達「雙方一樣、差不多」的意思。本書有大約一半文章與彼岸人情物事相關——正是「彼此彼此」——用意原是跟上世紀九十年代彼岸名曲一樣：「對面的女孩看過來，看過來，看過來。這裏的表演很精彩，請不要假裝不理不睬。」

秋水伊人隔岸呼——我就是帶着這種心情，繼續在此岸寫作。

二

上一部個人散文集《消寒帖》在二〇二〇年出版，距今只不過四年的光景，此岸人事已有很大的變化。我在這幾年所寫的文章，到底是今非昔比？還是昔非今比？不好說。

年紀越大就越發不願見人。太累了，如果我真的要把所有不由衷之言都收起來，實在不知要跟對方說些甚麼。低頭不停地用小銀匙攪動那杯早已擱涼了的黑咖啡？又或者專心地看餐牌斟酌點哪幾道合席上各人口味的菜式？又或者默居末座面帶社交禮貌上需要的微笑，看着你們談話？其實，我是更情願長時間地坐在電腦前敲鍵盤，把那些在人前收起的每句話，琢鑿成文檔中的字詞句段——讓你們在願意時慢慢細讀。

莫嘲笑「得閒飲茶」是句空話，有些事情真的説説就好，不必太認真深究。我是近乎病態地相信大家都明白「得閒飲茶」的真正意思。如果因此而令你覺得我無情、涼薄甚或拒人千里，我只能説聲「無奈」，卻不感「抱歉」；因為我心中還是老老實實地惦着你們的。説到底，我要講的話，都已經、正在、或者將會寫進文章裏去。從來交心的話都是寫出來的，而不是説出來的。

以文會友——我本着這種心情，繼續，在此岸寫作。

三

《大智度論》：「又如方百由旬石，有人百歲持迦尸輕軟疊衣一來拂之，石盡，劫猶不澌。」每百年以輕而有光澤的軟衣拂石，看似徒勞無功，可大石總有拂盡之日；只是石雖盡，「劫」猶未盡。

石是物質，劫是時間；物質有盡而時間無窮。不過，以拂石為喻的焦點，與移山、磨針其實不同：強調的並不是毅力而只是反襯時間之漫長。如果把每件微小的事情都用來反襯時間的漫長，則越是微不足道的事情就越有意思——舉措看似毫無目的卻忽然有了重大的意義。

「拂石」與「寫文章」同樣是動賓結構，同樣看似是徒勞無功，但兩者同樣需要帶點傻勁與堅持。寫文章不能太計較成果，起碼不能太計較短期內有沒有收穫。為漫長時間作證是以有限證明無限，不是問勝負或問得失，而是驗證或體會：作者窮盡一生把要寫的文章都寫完了，可時間還未休未止。

以文字為時間作證——我，懷着這種心情繼續在此岸寫作。

四

具豐富教學經驗的語文老師特別關照，見我寫的幾部散文集都不暢銷，苦口婆心語重心長向我透露暢銷秘技：書要暢銷，作品就要寫得像範文，讓老師可以在語文課上使用。感謝他！我連夜把這條秘技默誌於心，日後下筆時總不忘提醒自己：反其道而行就對了。

叛幟千秋——我，本着這種心情，繼續在此岸，寫作。

二〇二四年一月．東樓

上編

此岸

本草摭談

「青棠花艷難蠲忿，丹棘成林不解憂。剩此中年懷抱惡，夢隨荊聶說恩仇。」日間中懷耿耿，夜夢荊軻刺秦聶政刺韓，晨起精神恍恍惚惚。查《本草綱目》卷七「土」部「燒屍場上土」附方引錄《本草拾遺》：「好魘多夢，燒人灰，置枕中、履中，自止。」又卷八「金石之一」「諸鐵器」云：「鐵甲，主治憂鬱結滯，善怒狂易。」對症之藥難求。多夢鬱結，看來難治。

年前七月口占〈抒懷〉，畏友某甲善謔而虐細心毒舌，短訊回覆說「拜讀大作」是門面客套話，下文「滿紙青棠丹棘，與《湯頭歌》《本草詩》並美」才是重點。是的，古典詩最忌寫成《湯頭歌》的模樣：「秦艽扶羸鱉甲柴，地骨當歸紫菀偕。半夏人參兼炙草，肺勞蒸嗽服之諧。」句句押韻，聲調諧叶；就是沒有詩意。趙瑾叔《本草詩》寫得更認真：「華撥波斯產有餘，叢生喜向竹林居。胃酸堪把寒涎散，腹冷能將暖氣噓。炒共蒲黃經自准，煎同牛乳痢應除。青州雖有防風子，性冷終須愧不如。」頷聯腹聯對仗工整，儼然七律；就是欠缺詩意。

凡事太強調實用，藝術價值便相應降低。前人厲害，不求有用但求有趣。《古今注》「問答釋義第八」云：

芍藥一名可離，故將別以贈之；亦猶相招召，贈以文無。文無一名當歸也。欲忘人之憂，則贈之以丹棘。丹棘一名忘其憂草，使人忘其憂也。欲蠲人之忿，則贈之青堂（棠）。青堂一名合歡，合歡則忘忿。

「可離」止痛、「當歸」活血、「忘憂」清熱、「合歡」安神，四物皆可入藥；而名稱詞義多歧，語語雙關，四個藥名活脱脱就是古典戲曲的「齣目」，完全可以混入玉茗堂的戲夢中去。倘借之以入詩入文，亦肯定可以營造藝術氣氛。

西藥名稱在這方面似乎遜色些：「阿士匹靈」、「阿巴克丁」、「阿昔單抗」、「盤尼西林」，味同嚼蠟；連用以治療新冠肺炎的口服新藥「莫納皮拉韋」和「帕克斯洛維德」，都只是一堆音譯符號。清瘟疫苗「科興」倒令人有「科技興國」的聯想。「復必泰」未知出自哪位高人的譯筆？有「剝極而復」「否極泰來」之意，隱含禍福相依的至理。當年「威而鋼」也譯得頗有心思，只略嫌視點太局部詞意太誇張，總輸與親切自然、樂而不淫的「偉哥」。西藥經典舊譯「維他命」是少數能雙兼音義的巧譯，當年沾沾自喜以為「守宮砂」夠得上妙對，後來讀《綠綺園詩》「一針十九維他命，百歲尋常荷爾蒙」才知人外有人。畏友某甲讀了興許又要說鄧爾雅寫中譯《湯頭歌》了。

小說〈藥〉不愧世紀名篇、文學經典。魯迅以傳聞中能治癆病的「人血饅頭」象徵犧牲別人以成就一己之利益，亦兼含民智未開之意；取譬精警，既寫實又虛妄，意味深長，業已成為「熟典」：現實生活中固然常見，書面或口頭也常用。「人血饅頭」其實先見於袁枚《新齊諧》的〈還我血〉，魯迅點鐵在後：

刑部獄卒楊七者，與山東偷參囚某相善。囚事發，臨刑，以人參賂楊，又與三十金，囑其縫頭棺殮。楊竟負約，又記人血蘸饅頭可醫瘵疾，遂如法取血，歸奉其戚某。甫抵家，忽以兩手自扼其喉大叫：「還我血！還我銀！」其父母妻子燒紙錢延僧護救之，卒喉斷而死。

「人血饅頭」的文學深意在袁枚筆下一直都沒有展現出來，一百三十年後魯迅把這味藥寫進他的作品裏，世人才細味得到此藥的深意。不過，細讀〈還我血〉還是可以讀出另一層深意的。厲鬼索命時只要求楊七還血還銀，卻沒有要求還參；故事中「以人參賂楊」的「賂」字很可能是「贈」的誤字。「人參」諧音「人心」，可以代表死囚臨刑前向楊七相贈最真誠的心意。縫頭棺殮無非求全屍完葬，豈料死囚所託非人，楊七失信負約，還佔死者便宜蘸屍血入藥，遭現眼及身之報，死有餘辜。

心病還須心藥醫。厲鬼索命的情節雖屬虛構，卻跟〈刺客列傳〉的歷史記載一樣，同樣叫人讀得痛快萬分。「因果循環報應不爽」、「天網恢恢疏而不漏」、「若然未報時辰未到」、「舉頭三尺有神明」、「善有善報惡有惡報」等古舊信念一時間如潮湧至，並得以短暫「轉廢為能」，竟跟青棠丹棘的功效相若——可以蠲忿，可以解憂。

夜讀〈還我血〉不覺恐怖，魯迅在《吶喊》自序中的經典回憶片段才真夠恐怖：

> 一個綁在中間，許多站在左右，一樣是強壯的體格，而顯出麻木的神情。

那綁在中間的臨刑者，是山東偷參人嗎？是楊七嗎？是夏瑜嗎？都也許是。而讀者竟在不知不覺間成了圍觀者。那些在圍觀時用以「轉廢為能」的古舊信念，正與華老栓誤以為「人血饅頭」可以治病的愚昧想法相同。

清代陳琮《烟草譜》「鴉片」條云：「其烟入腹能益神氣，徹夜不眠無倦色。然越數日或經月偶吸之無大害，若連朝不輟，至數月後則疾作，俗呼為癮。癮至，其人涕淚交橫，手足痿頓不能舉。」「精神鴉片」雖有短暫麻醉鎮痛的功能，常用或濫用卻會成癮，不易自拔。鴉片又名「阿芙蓉」，王心帆在名曲〈秋墳〉中更以「紫霞漿」代稱鴉片煙膏。「芙蓉」「紫霞」色香味俱全，幾疑脫胎化用自元好問的「芙蓉脂肉紫霞漿」。

表格的角度

年前血壓指數總高踞不下，親友都建議及早向心臟專科醫生問診，求個安心。那天獨個兒到醫務所求診，護士要求先填報些存檔用的個人資料。我向來最怕填表，一紙表格遞來，鄭重地詢問過，真的非填不可！我頓時感到異常困擾，血壓指數即時再創新高。最怕見欄欄列列長長窄窄，時而英文時而中文……

富行政經驗的朋友說，搞行政首要事項就是製造不同形式的表格，心得是表格上要有密密麻麻的補充說明及附注，還要別闢一角印上詳細的免責聲明，總之表格設計切莫簡明；小字一定要如附羶群蟻；直欄橫列重重疊疊框線粗幼不一者，最妙。此外，表格每隔一段時間便要修訂，起碼要改換一下填項或欄列的位置，要讓填表人士重新適應。有了五花八門日新又新的表格，部門餘下來的工作便是收發表格。

我絕對相信「表格恐懼症」確實存在，像「密集恐懼症」，能引起一定程度的恐懼和擔憂，並足以干擾一個人的正常生活。馮晞乾在二〇一九年就寫過〈有一種恐懼，叫填表〉，我讀後方感吾病不孤，相信不久將來，可以籌組一個「病友會」，與眾病友相憐一下。馮晞乾說恐懼填表是因為填表苦悶，而我恐懼填表的原因是「總記不起一些簡單的信息」，這心情跟「社交恐懼症」極為相似：害怕自己的行為或緊張的表現會引起羞辱或難堪。

表格最大的特點，是不斷詰問叩問追問盤問反問你是誰。一切與你有關的諸如性別、出生日期、籍貫、職業、住處、證件號、電話號、傳真號、電郵號……密集程度之高，足以引起恐懼。尤其住址，總記不起完整的街號座號；向來都是憑感覺回家的，試問誰會無緣無故背記自己的住址，不是嗎？更怕問及手提電話號碼；誰又會給自己打電話的呢？怎會無事生事自找麻煩背記自己的電話號碼，不是嗎？

不過，醫務所給求診者填寫的表格也並非全然是硬梆梆的記敍描寫或説明，當中也隱含抒情的成分。那天我在醫務所填的表，就有「緊急事故聯絡人」一項，既問聯絡人姓名又問聯絡電話更問及彼此關係。我當然想過不如傻兮兮地依次填寫「香港警察」、「九九九」及「警民」，但估計護士小姐一定不接受。停筆思索：在我遇上緊急事故的時候，需要第一時間聯絡的該是誰呢？從權利上説，這個人有知悉我遇上緊急事故的優先權利；從義務上説，這個人要能為我下一些關乎生死的重要決定。初步結論是：這個「聯絡人」很可能就是「負責人」。那麼，到底誰要在我遇上「緊急事故」時負責呢？這問題也許問得太沉重也太曲折了。且先不講權利或義務，換個角度從感情上說：當我遇上「緊急事故」，那幾句很可能是人生中最後的話，要跟誰說？這個人不必決斷英明不必能幹精明，但起碼要臨危不亂莫要動輒呼天搶地。想到這裏，我未有事先徵求對方同意就在欄框上填上了資料——這是一種感情上的默契吧，心照不宣，反正選擇亦極其有限。如此換一換角度事情果然容易解決得多，表格上的「緊急事故聯絡人」若理解為「危急關頭最想見的人」，欄目不但充滿感情，而且清楚明白。

醫務所內一對年老夫妻互相攙扶顫巍巍地到櫃檯前取藥，一時間也分不清誰求診又誰陪診。護士口齒伶俐中英夾雜交代服藥事宜，老太太對老頭子說「等我啦，你論盡到咩咁呀」，老頭子不甘示弱反唇相稽：「咩論盡啫，我都識唔少英文吖。」看來他們都未曾遇上「緊急事故」，表格上「緊急事故聯絡人」一欄就暫且填上彼此的名字——雖然，誰都不知道誰會先被聯絡上。

從「五大夫」到「羅生門」

公元前二一九年秦始皇到泰山封禪曾在松下避雨，松樹護駕有功給賜封「五大夫」。這株古松早已不在了，後人好事張羅補植，居然種了五株。如此望文生義誤副名實，夜航船上「八大山人」與「澹臺滅明」加起來可以是十個人。其實明代于慎行在《穀城山館文集》卷十六的〈登泰山記〉已講得很清楚：「從者曰：松有五，雷雨壞其三。非也。五大夫者，秦之爵級，松何必五？假而封七大夫松，又將七耶？」松樹既然可以越補越多，我也乘機私下假傳聖旨，把校園內的一片大石簷喚作「五大夫」。

汽車打從窩打老道開進浸會大學舊校園區，右轉入迴旋處近溫仁才大樓入口的樓級前，那是讓乘客上落的停車「熱點」。校舍舊，設計也舊，蓋建於上世紀六十年代的石簷還保留在「熱點」旁的樓級上，不羅鍋也不磬折，微向外探毫不計較落落大方簷蔭數尺直覆蓋到樓級下停車的位置，乘客在此上落免受日曬雨淋。舊建築的設計意念確是以人為本，數十年前一點周到貼心的晴雨關懷，受惠者到今天都能感受得到。「五大夫」就是我個人對這片石簷的僭封，也算暱稱。那天下班時分忽然颳起大風下起傾盆豪雨只好電召計程車到校接送，下得樓來，卻早有一輛七人房車橫陳在「五大夫」下的「熱點」。不一會計程車應召到達；我趨前向房車司機說雨太大，勞煩他開車往迴旋處轉一圈再回來，先讓出簷蔭位置我好上車。他只說「要等人」便低下頭繼續在手提電話的屏幕上點點撥撥。計程車司機有點不耐煩，在後面搖燈示意響號催促，我生怕騷擾別人連忙冒雨衝上計程車。雨實在太大，五六個箭步上前車門一開一合之間，衣履已然濕了一大片。「慢慢呀，我唔係『砵』你，我係『砵』前面架車霸住個上落位啫，阻住地球轉！」計程車司機餘怒未消，駕車靠右沿房車旁駛過時還大罵：「你永遠唔走我就寫個『服』字畀你。」

回母校任教都三十年了，慶幸辦公室始終安排在舊校舍的東樓，每天進出校園常受惠於「五大夫」的蔭庇。「五大夫」巋然不動卻以不變應萬變，汽車絡繹但流動，任何人都可以受惠。可是，要摧毀一個好設計不一定要燒打砸劈——堵塞或霸佔，有時更奏效：一輛七人房車就可以堵死石簷的設計原意。著名演員樹木希林性格稜角分明妙語如珠，名句「傷害這個世界的，是老人的任性跋扈」我並不全然認同，起碼那位「要等人」的房車司機經初步目測該是處於人生收成期的盛年中產，真的完全夠不上一個「老」字；但樹木希林接着說的「時候到了，就收拾好自尊站到旁邊，把路讓出來」我則奉為人生座右銘。《菜根譚》「路徑窄處留一步與人行」與《五種遺規》「徑路窄處須讓一步與人行」措詞雖稍異；但「留」字或「讓」字意思都明白，那是任何一個人都應盡的責任，重點是切勿「阻住地球轉」：阻礙世界前進或栓塞潮流血脈——樹木希林所說的「傷害這個世界」，庶乎近之。

念中學時一位老師講的「避雨故事」至今記憶猶新。故事說幾位老人家避雨簷下，不久少年也前來避雨，奇怪的是雷電好像緊隨少年而來，總在近簷頂處狂轟怒劈，簷篷好幾次差點兒沒給殛中，卻已是岌岌欲塌，險象環生。一眾老人家見狀，認為少年惹電招雷，又不祥又該死，唯恐雷公電母錯殺無辜於是不由分說合力把少年抨趕到簷外；卻原來少年是前來保護眾人的「福星」，被驅趕後雷電即時轟碎簷篷，瓦石一時坍塌，簷下諸人，無一倖免。聽這故事的時候正是「少年十五二十時」，自行代入「福星」角色，血氣方剛對那些在故事中或現實中自私自利不顧他人死活的「既得利益者」深惡痛絕：「簷下諸人，無一倖免」的結局雖滴血不見卻大快人心。但這個故事原來可以讓人反省一輩子：到如今年紀大了，卻又自行代入老人家的角色，汲取教訓不時警惕自己切勿在利益或機會的簷篷下排拒年輕人。當然，故事情節本來虛構，我換個安排說年輕人把老福星趕出簷外一樣可以自圓其說：同樣可以講得出處世待人或世代共融的道理。只是現實社會中的「既得利益者」大都年紀較長，這些人思想封閉或生性自私的話，就容易誤以為年輕人「又不祥又該死」。

當年老師講故事繪形繪聲好動聽，情節鋪排先抑後揚極盡微型小說「驚奇結局」之能事；「賣關子」處深得莫泊桑、薩洛揚作品的神髓。老師還誇張地用手勢上下比畫，吹噓故事的場景說可以媲美電影《羅生門》中那場大雨和那幢荒廢殘破的城門。我當時還沒看過《羅生門》，只能憑想像約略補足，後來看過電影才明白：滂沱大雨下，樵夫、和尚、乞丐先後到殘破的城門下避雨，樵夫自言自語一句「不懂、真的不懂」開展了黑澤明鏡頭下的光影傳奇。

人生中那些屬於所有人的機會誰都可以爭取，你也許得天獨厚近水樓台又也許時勢有利花木向陽，先得月色或早逢春暖，無妨；卻不能壟斷，不能霸佔。先入不必為主，後來可以居上。先到簷下避雨的不妨讓一讓，盡量騰出空間，後來者才有立錐之地；風雨同簷，皆大歡喜。「你永遠唔走我就寫個『服』字畀你」——計程車司機的話不無道理。強如秦始皇翻手為雲覆手為雨可以統一六國可以焚書坑儒，在枝葉扶疏的松樹下卻都只不過是一個過路人而已。

校園內的「五大夫」很可能在將要重建的大學中消失了。人生中永恒不變的從來不是古松不是石簷也不是羅生門。永恒不變的，是無常的風雨、是避雨的故事。在泰山、在香港，甚至在虛構的勸世故事或黑澤明的經典電影中，不管是哪一個時代或國度，都總有忽然下雨的可能——正因如此，也總有引人入勝、永遠也說不完的避雨故事。

有詩為證

一

好幾年前鄺健行老師讓我讀到的那幾份日記未刊稿，都或多或少與「遊學」有關。

老師留學希臘時寫的日記，異國風物盡收筆底，遊蹤處處；套用余光中的名句——日記，非常希臘。

一九六五年——正是我出生的那一年——老師在彼邦與友人結伴同遊土耳其、伊朗、敍利亞、約旦、黎巴嫩，翌年又遊覽塞浦路斯、埃及；這部分日記讀起來滿是烏德琴（Oud）與中東笛（Nay）的神秘與空靈。

一九八三年老師已近知命之年，重遊希臘，還到過巴基斯坦和奧地利；在這趟旅程中所寫的日記，字數足有四萬八千多字，是幾份日記中篇幅最長的一份。

此外還有一份寫於一九九〇年的〈韓國日本遊學日記〉，當時老師在中文大學任教已十八年，是次「遊學」在性質上其實更近似學術上的「交流」、「訪問」或「考察」；當然更少不了旅遊這重要元素。

二

余生也晚，與老師四次同遊，都在老師轉職浸大中文系之後；而每一趟行程，均「有詩為證」：二〇〇四年《京華酬唱集》、二〇〇五年《江西酬唱集》、二〇〇七年《韓城集》、二〇〇九年《延邊集》。這幾次同遊，同行人士儘管並非完全相同，卻都是熱愛古典詩的師友，是以旅途上此唱彼和，頗不寂寞。如果當年沒有好好整理、保留這批詩稿，到今天恐怕已記不起某些人某些事了。

二〇〇四年隨老師到北京出席「中古文學國際學術研討會」，會後同遊金山段長城、恭王府、王府井以及城內的老街胡同。旅途中夜闌無事，大家都愛聚在賓館的房間裏喝茶談天，老師〈酬少璋弟兼簡韋劉二子〉記述的正是這些往事：

何必悲秋詠客途，清茶品後漸歡愉。揚謳激訐聲仍轉，入理希微語慢鋪。未覺耄衰惟落寞，每聆諧謔共胡盧。宵深住筆酬嘉句，搜盡腸肝剩碔砆。

首句講的是旅途之夜大家暢談名曲〈客途秋恨〉，第三句記韋金滿老師一時興到開腔唱南音。鄺、韋二師本來熟稔，旅途上更不會板起嚴肅的面孔，二人談話交流真摯自然，妙語如珠。記得某夕晚飯，韋老師忽然提出要與鄺老師「聯詩」，我在旁當然推波助瀾，不停叫好。韋老師輕拍一下桌子，腔調略帶誇張與戲謔，說：「唉，『此後不同檯，同檯心已灰』。到你，接下去。」鄺老師一例好整以暇的氣度，微笑道：「本來無一物，何處惹塵埃。」借用六祖偈語，居然聲調、用韻、句意都接得上。韋老師大笑：「吓！咁都得呀？」這首五絕始終沒有編入《京華酬唱集》，但作為愉快記憶的片段，給我的印象卻非常深刻。

二〇〇五年隨老師赴廬山出席「國際詩詞研討會」。《江西酬唱集》後記：「登廬山而涉九江。過琵琶亭，感謫臣悵觸；訪滕王閣，望彭蠡星霜。」江西古蹟名勝甚多，題詠真是不愁沒有題材。是次同行的楊利成先生詩興亦高，長途車上常參與聯句，大家玩得非常高興。聯句其實就是集體即席合寫一首排律，詩句既要上接別人的句意，又要同時顧及對仗和叶韻，難度不低。但亦因為遊戲意味和競爭意味都強，夠互動，樂趣亦不少。鄺老師一般都網開一面，例如「雲開青蕩蕩」，總不置接聯者於死角絕境。楊先生則藝高心狠，偏要提高難度，見廬山名勝有黃龍、烏龍二潭，忽然應景吟出一句「空谷藏潭二」：因為要同時顧及叶韻，句末這個「二」字就非常難接難對。我只能勉強以「幽篁吹籟純」搪塞過去。就雄兄亦擅聯句，輪到他的時候居然再出一句「吾黨誠三兩」。老師微一沉吟，接以「毫端或百鈞」，履險如夷，一座拊掌。

二〇〇七年隨老師赴韓國出席「第五屆東方詩話學會國際學術研討會」。《韓城集》後記云：「會後韓城小住，數日清游，過儒城、大田；訪奎章閣，復觀鶴山文庫，眼界胸襟，為之大開。同游則借聯句以遣興，藉風物以抒懷，各得其樂。」老師是次重遊韓國，與當地好些老朋友見面，十分愉快。我則「初到貴境」，覺得當地種種人情物事都十分新奇。剛好那幾年古裝韓劇風靡香港，我滿腦子不是「最高尚宮」就是「御膳廚房」；在〈韓城竹枝詞〉寫「韓服侍女」就有「不待酒酣迷醉眼，有人燈下喚長今」之句。七月八日晚上，老師請我們幾個後輩吃飯，飯館的女侍應竟然能操流利的普通話，閒談間知道她來自黑龍江。老師問她想家不想家？「沒辦法。」女侍應低聲説罷，擎在睫眸處的淚珠已差不多要掉下來了。

二〇〇九年赴延吉的行程，老師的短序説得明白：「余與三子赴吉林延吉市延邊大學開東方詩話學會國際學術研討會。往程宿京華一宵，詹君盛宴款接。會議以後，登長白山，望天池，復過琿春至防川市。」「詹君」就是老師在浸大指導的研究生詹杭倫，一九九七年我進研究院跟老師讀書時他已經博士畢業，名副其實是我的「同門師兄」。我在《延邊集》說「立雪輸君早，啟蒙鬢已霜。鳳兮先展翅，由也未登堂」，句句都是實話。詹師兄又風趣又好勝，幾趟長途車程中都主動參與聯句。就雄兄擅於「激將」搞氣氛，我們時而互嘲時而互責，還不時起哄嚷着要老師做裁決：「老師老師，佢呢句算唔算係孤平呀？係咪要重作呢？」「噑！老師都話唔係幾好呀！呢句唔算。」顛簸的車廂中，幾個大男人在老師面前一下子返老還童，笑作一團好不熱鬧。鬥詩別具挑戰性，鬥酒就更多幾分冒險成分。老師說延邊人民性格豪邁海量善飲，叮囑我們千萬不要「牙擦」，切勿與人鬥酒。我們都唯師命是從，淺嘗輒止，雙手護着酒杯到終席都不敢亂舉亂傾亂乾亂碰。事實上，連日宴席上都總有赴會的博學大漢醉臥沙場：「天子呼傳未解醒，古來飲者盡沽名。東疆二八盈盈女，淺酌能降阮步兵。」君莫笑，我寫的不是〈涼州詞〉而是〈竹枝詞〉。

三

北京、江西、韓國、延邊，一路走來，旅途上滿是歡樂的笑聲。惟重看照片重翻詩稿，撫憶舊遊，雖圖文歷歷，種種人事卻都恍如一夢。可不是嗎？同遊的韋老師、楊先生、詹師兄，都已在幾年前先後謝世。現在，鄺老師都要先走了。

世道盤紆，四顧茫然。尚憶當日登長城、遊匡廬、上長白山，老師健步矯捷；我則向來四體不勤，自是瞠乎其後，望塵不及。而今更況年近耳順，走在人生路上，師友凋零，遊興闌珊；望道踟躕之際，更倍覺力不從心——就連腦海中一些僅剩的回憶雪泥都快要糊掉了。

岳陽蜃樓記

「江南三大名樓」曾訪其二；年過半百，總與岳陽樓無緣。慕名訪勝的心態，不一定受魯迅所說的「十景病」傳染；出於「求全」或「好事」固然常見，但前人題詠作品寫得太好，也是原因之一。「煙波江上使人愁」、「唯見長江天際流」，黃鶴不復返，崔顥李白的名句，卻像悠悠白雲，千古都在。「襟三江而帶五湖，控蠻荊而引甌越」，閣中帝子都不在了，王勃的名篇，隨着檻外長江，流到今天。「先天下之憂而憂，後天下之樂而樂」，宋代名臣的崇高理想，跟岳陽樓一樣，尚矗立在洞庭湖畔。

整篇〈岳陽樓記〉都沒有直接描寫岳陽樓的外觀，作者反而集中筆墨描寫在樓上看到的湖光山色。范仲淹文筆固然優美，但文章的重點始終是抒情述志，收筆處「居廟堂之高，則憂其民；處江湖之遠，則憂其君。是進亦憂，退亦憂，然則何時而樂耶？其必曰『先天下之憂而憂，後天下之樂而樂』歟」，展示出理想國度中那可望而不可即的巍峨人格。當年任教中文科的老師教到這幾句時，七十年代的中學教室一下子變成了傳統鄉塾。那天，老師興致特別高，在班上高聲循環朗誦，頻說「句好意好」，下課前不忘拋下一句「下星期背默」。背誦「范文」確有好處，二〇一三年湖南省岳陽樓管委會曾推出「背〈岳陽樓記〉，領免費門票」活動，遊客於指定節日在限時內背得出「范文」，可獲贈景區門票；足證「范文」有價。

二〇一五年，香港教育當局在已廢除範文的高中課程裏重新加入十二篇文言指定篇章，孔孟莊荀馬遷史出師表韓柳文唐詩宋詞，蜻蜓點水漣漪處處，水面文章雖言深刻，卻依然好看。我雖然已離開中學教學崗位好幾十年，但〈岳陽樓記〉位列高中指定篇章我高興；那是我們同輩人集體記憶中的重要部分。年前在班上有大學生舉例時引用「范文」我尤其高興：「大學生喎，背多幾句畀老師聽吓。」他果然背得出「銜遠山，吞長江，浩浩湯湯，橫無際涯；朝暉夕陰，氣象萬千」，過程難免吞吐，字音亦有微瑕；但回應畢竟難得。班上其他同學都作勢又誇張又造作地起哄大喊「才子」。我問「才子」有沒有去過岳陽樓；他說沒有，但一定會去一次。

民間傳說呂洞賓三醉岳陽樓故事引人入勝。元代雜劇中的岳陽樓儼然法壇道場，由正末飾演的呂洞賓仙風道骨樓前三醉，為的是度化柳妖梅精：是一片道心也是一片苦心，與范仲淹的「憂樂觀」互為表裏。呂道長的詩也極富「遊仙」味道：「朝遊北海暮蒼梧，袖裏青蛇膽氣粗。三醉岳陽人不識，朗吟飛過洞庭湖。」《韻府群玉》下平聲「六麻」韻「袖裏青蛇」條云：「袖裏青蛇膽氣粗，呂詩，亦劍也。」飛仙劍客御風行吟，七絕丰神俊逸令人神往，跟杜甫〈登岳陽樓〉五律一樣：任何年代捧讀都覺得「句好意好」——即使老師沒有命令，即使沒有景區入場贈票；都會私下背默一遍。

范仲淹的文章為岳陽樓添上岸然的儒家色彩，呂洞賓的傳說則為這座名樓點染了一層渺邈的道家靈氣；佛家呢？岳陽樓前那副一百零二字的長聯，上聯「一樓何奇，杜少陵五言絕唱，范希文兩字關情，滕子京百廢具興，呂純陽三過必醉。詩耶？儒耶？吏耶？仙耶？前不見古人，使我愴然涕下」，獨欠佛家。對聯寫於道光年間，作者當然不可能知道有一位生於咸豐元年的釋敬安。〈清四明天童寺沙門釋敬安傳〉說敬安和尚到巴陵探親時登岳陽樓，正值友人分韻賦詩：「安獨澄神趺坐，下視湖光一碧萬頃，忽得『洞庭波送一僧來』句，歸述於郭菊蓀，謂有神助，且言其有宿根，力勸之學，授唐詩三百篇，一目成誦。」敬安自幼失學識字不多，登樓賦詩之前更未曾受過正式的詩歌創作訓練，聽説他連「壺」字都不曉得寫，只畫圖案代字；不過他寫詩卻能越過文字與技術的障礙，該算得上是詩歌創作中的「教外別傳」，可以當作「公案」讓後人細細參詳。郭菊蓀多事，「授唐詩三百篇」是用神秀的方法教導惠能，無非一場作孽。

名篇背後的掌故也值得細細參詳。宋代范公偁《過庭錄》主要記述其祖輩范仲淹等人的事跡，書中説「子京忽以書抵文正求岳陽樓記」，卻沒有收錄那封滕氏致范氏的「求記書」，至為可惜。王象之《輿地紀勝》第六十九卷提及「求記書」的內容亦僅三句；箇中來龍去脈，未得理清。反而明代鍾崇文的《岳州府志》卷七收錄了信函全文，後來清代曾國荃編的《湖南通志》都依府志全文過錄。滕氏在信中恭請范氏為岳陽樓撰文——「謹以《洞庭秋晚圖》一本，隨書贄獻，涉毫之際，或有所助」——那是說，范仲淹在下筆寫樓記之時，並沒到過由滕子京主持重修的岳陽樓。更有趣的是，慶曆六年范氏在鄧州完成〈岳陽樓記〉，同年另一位著名作家歐陽修在滁州也為滕子京寫下〈偃虹堤記〉：「有自岳陽至者，以滕侯之書、洞庭之圖來告曰：願有所記。」原來滕子京在差不多同一時間致書向范仲淹歐陽修「求記」；借助名人名筆，為自己「謫守巴陵郡」期間的兩項重要政績譜寫光彩的文字記憶：修樓是文化保育，築堤是惠民措施。〈偃虹堤記〉說「予發書按圖，自岳陽門西距金雞之右，其外隱然隆高以長者，曰偃虹堤」——那是說，歐陽修在下筆時，並沒到過由滕子京策畫修築的偃虹堤。

讀者只間接地憑藉文字「臥遊」岳陽樓固然無奈，可是一旦發現原來連作者本人也不曾到過現場，後世讀者即使未曾到過岳陽樓——如我——也該可以釋懷了。全球受新冠肺炎影響期間，廖偉棠慨嘆已經半年沒有出國旅行，但旅遊雜誌上每月一篇的遊記文章還是要繼續，「記憶存貨」都快用光了：「突然理解了現在那些『偽旅行』坐飛機兜風的人的心態。」其實，千百年來長情讀者所讀的，無非是作者的文藝想像成果而已，願打願挨，各得其所；那怕是盲婚啞嫁，到底相安無事。至如文化國度中的岳陽樓，其實只是一座浮現在洞庭湖浩淼煙波上的蜃樓。蜃樓縹緲，自然顯隱無常：二〇二〇年九月教育當局決定在中文科的指定篇章中剔除〈岳陽樓記〉和〈六國論〉，理由，不外是收窄考試範圍或減輕學生負擔。但我始終相信，長情的讀者總會主動地或不經意地跟下一輩讀者繼續分享岳陽樓的種種蜃景幻象——更何況，我們都是背誦過又默寫過〈岳陽樓記〉的人，記憶深刻，相信「存貨」是不容易用光的。

肉食者言

如何對待走進城市的野豬，當中也許不涉誰對誰錯，卻涉及你選擇做哪一類人。

有些人，儘管不是素食者，但仍會盡力避免讓惻隱心在無休止或不必要的殺生行為中完全泯滅。說是自相矛盾嗎？也許是，因此才會引來「一邊吃豬肉一邊憐憫野豬」的嘲諷；說是自鳴清高嗎？也許是，因此才會引來「站在道德高地指手畫腳」的批評。

從前我寫過文章談「吃狗肉」的問題：「如果狗隻真能煥發部分人的同情心，我是絕對情願『犧牲』吃狗權的。類似的所謂『犧牲』其實一點都不偉大，正如支持吃狗的人也不一定就是喪心病狂。」當日的一點看法，套用在

「殺豬」爭議上，都恰切都管用：如果野豬真能煥發部分人的同情心，我是絕對情願把野豬放生的；支持「放生」其實一點都不偉大，正如支持捕殺野豬的人也不一定就是喪心病狂。

類似「一邊吃豬肉一邊憐憫野豬」的心情也許不是矛盾而是無奈。小時候家境清貧，為了省錢，媽媽會在年節前十天半月「雞價」尚未暴升時買活雞暫養在灶下，到正式過節那一天才殺雞做節。活雞一般養在紙皮箱中；紙箱內鋪些舊報紙，放一碗清水，再放些剩飯碎米麵包皮或菜莢。小孩子愛小動物，最愛給雞餵食，也愛摸牠的羽毛，也愛哄牠睡覺，有時還給牠起個名字；人雞感情很快就建立起來。過節前夕，孩子總嚷着懇求爸媽不要殺雞。爸媽一臉無奈，苦笑道：「傻仔嚟嘅，唔劏雞又邊度有雞食呀？睇過點先喇。」當然，所謂「睇過點先」只是緩兵之計。爸媽在傻仔上學的時段殺雞，傍晚時分做節的飯菜都備好了，傻仔看到相處了好幾天的活雞成了席上珍，伏在飯桌旁痛哭。

當年曾伏在飯桌旁痛哭的傻仔，未必就可以即時「放下筷子，立地成佛」，但這種痛哭的經歷卻隱藏在傻仔的心深處，與那似有還無疑真似假的惻隱心醞釀在一起。在漫長的成長過程中，傻仔儘管還是主動地或被動地吃遍了白切雞、豉油雞、文昌雞、霸王雞、叫化雞、炸子雞、手撕雞……，但一九九七年十二月當局為遏止禽流感而決定撲殺一百三十多萬隻活雞時，已經長大成人而且吃雞無數的傻仔雖然沒有伏案痛哭，卻仍會難過。到二〇二一年十一月當局決定捕殺走進市區的野豬時，年過半百的傻仔又再一次感到難過。

曾經有一段時間我非常抗拒讀那些以「戒殺」、「護生」為主題的作品。

護生經典之作豐子愷的《護生畫集》我尤其怕看，畫旁弘一法師的題詩題詞我尤其怕讀。只因為，這些圖文令我更感無奈又更感難過。讀畫集中的《修羅》叫人怦然心動：上繪一屠夫在大血缸中殺豬，屠夫橫銜着尖刀，孔武有力雙手扯着被屠宰的豬身；不遠處還有兩隻可愛的活豬，信是待屠。弘一法師為此圖題上願雲禪師的〈戒殺詩〉同樣令人不忍卒讀：「千百年來碗裏羹，冤深如海恨難平。欲知世上刀兵劫，但聽屠門夜半聲。」後來才明白，「理性」從來不等同「無情」或「沒人性」，一個政府或一個人所做的決定到底是「理性」還是「沒人性」？是合適還是不合適？箇中關乎「合情」的考慮在在比關乎「合理」的考慮要多；需要的往往是更多的「同情心」。我越來越不想用「同理心」這個詞，「同理」既強調易地而處感同身受，其本質就是「同情」；當然，「同情」也不應只簡化或淺化為「憐憫」。反對捕殺野豬的主張若出於「同情心」，

「情」既云「同」，就更談不上道德不道德、高地不高地了。

美國密蘇里州的小貝里因非法獵殺過百隻鹿而被捕，報道說他殺鹿是為了「純粹享受殺戮的快感」。法官除了判他入獄一年，還要他每個月至少觀看一次迪士尼動畫《小鹿斑比》，以消滅其戾氣。動畫中小鹿斑比的母親被獵人槍殺的情節，恰好與「勸君莫打枝頭鳥，子在巢中望母歸」有文本互涉的關係；「純粹享受殺戮的快感」更可證明「馳騁畋獵，令人心發狂」並非假設。唐代詩人陸龜蒙在〈頭陀僧〉寫「同情心」寫得特別深刻：「萬峰圍繞一峰深，向此長修苦行心。自掃雪中歸鹿跡，天明恐被獵人尋。」在香港反對捕殺野豬的人無雪可掃無能為力，只能藉聯署或寫點文章表達「同情」。

常掛在某些人嘴邊的「人道毀滅」，已經給淺化或歪曲為「死刑的一種方式」。他們認為，對動物執行最小痛苦的死刑，就是「人道毀滅」，他們自此殺動物殺得心安理得又理所當然。因此有人不停強調捕殺動物「手法很人道」或「方式很人道」。但事實上，「人道毀滅」若只講行刑時的手法或方式，意義不大；因為無論手法或方式如何，都是奪去一條寶貴的性命。講「人道毀滅」的「人道」，必須在動機及理由上講，才有意義。決定「毀滅」一隻動物，要先仔細嚴肅考慮「毀滅」的理由，要有充分的「人道」理據，「毀滅」行動才算合情合理。比如在比賽中意外折足的馬匹，這傷勢會為牠帶來很大的痛苦，經「人道」考慮作「人道」決定，再選擇以最小痛苦的「人道」方法結束其生命。顯而易見，若「毀滅」動物的動機或理由欠缺「人道」的成分，算你的「毀滅」手法或方式有多「人道」，都只是濫殺，都只是殘忍惡毒。

真是雪上加霜，此城此地因捕殺野豬的決定而變得更荒誕。可是，我們還得感謝野豬；牠讓部分人有難過的感覺。不少香港人都並非麻木不仁，只是他們不一定掌權，而已。野豬，回到山上去吧，城市是屠場，一旦要彰顯「人道」便要實行「毀滅」；挺可怕的。打從有人把「死」字放在「安樂」之後，又或者把「人道」放在「毀滅」之前；就容易令人忘記甚麼是「殺生」。忘了甚麼是「殺生」還自詡「人道」，才是真真正正的喪心病狂。

平常心觀燈看月

名作〈生查子〉雖未能確定是歐陽修還是朱淑真的作品，卻早已膾炙人口。《池北偶談》說：「今世所傳女郎朱淑真『去年元夜時，花市燈如畫』〈生查子〉詞，見歐陽文忠集一百三十一卷，不知何以訛為朱氏之作，世遂因此詞疑淑真失婦德，紀載不可不慎也。」歌詞中等閒三幾句今昔對比的話，不過與崔護重來人面桃花同調，讀者竟可以一下子聯想到作者「失婦德」，看來古人要失德也真太容易。朱淑真到底有否失德我不堅持，我只堅持〈生查子〉不應該成為證明作者失德的有效論據——不管〈生查子〉的作者是歐陽修還是朱淑真。

一旦提及「文字獄」，人們往往只會想起明太祖或清世宗藉文字羅織罪名迫害讀書人的傑作；其實類似的無理迫害在文壇原來司空見慣。〈生查子〉寫春燈如畫柳梢月圓，有燈有月直比光天化日，尚可聯想到失德，倘若無燈無月就更容易令某些擅長詮釋的讀者想入非非了；要羅織罪名、捏造淫行，真是何患無辭。周鍊霞〈慶清平〉有「但使兩心相照，無燈無月何妨」之句，當時有讀者認為冶艷，氣得周鍊霞要發表文章反駁回應。周氏在另一首〈慶清平〉說「任使無燈無月，一點仙心亮於雪」，儼然「知我者當能諒我」的語氣；不愧「鍊師娘」。包謙六在〈與施議對論詞書〉說：

> 紫宜（按：即周鍊霞）少時頗端麗富文采，所作詞語頗大膽，有「無燈無月何妨」之句，似朱淑真之「人約黃昏後」也。其實跌宕有節，有以自守，只是語業不受羈勒而已。

其實周氏發表〈慶清平〉時已是三十七歲，並非「少時」。至如「語業」之論，則「無燈無月」相信並非妄言綺語兩舌惡口，諒也算不上是「惡語業」。周鍊霞曾先後兩次撰文澄清〈慶清平〉的作意：第一次在一九四五年八月三十日《正報》上撰文並附詞作；第二次在一九四八年第一百二十八期《禮拜六》上發表〈關於「無燈無月」〉。兩次澄清，都主要針對有讀者認為詞作講的是男歡女愛；周氏不以為然，實行夫子自道，把作意說明一遍。她在《正報》上說：

> 這上面還有更要緊的一句：「星眸灩灩生光」呀！我是取於孟子說的：「胸中正，則眸子瞭焉；胸中不正則眸子眊焉。」「瞭然」就是光輝明亮，彼此心地光明，自然眼睛雪亮，視黑夜如同白晝，無燈無月又有何妨？也就是「不欺暗室」的意思。

一九四八年她又在〈關於「無燈無月」〉現身說法，道出當年在淪陷時期夜間燈火管制下的心聲——「必須心地光明，則一旦戰事勝利，國土重光，其欣慰為何如。」關於〈慶清平〉的真正作意，由作者親自交代，自此真相大白。劉聰在周鍊霞詩詞集《無燈無月兩心知》為此詞下了十條按語，詳細徵引冒鶴亭、金雄白等同代人的說法為證，理據詳贍。事實上，讀者若只執住原作「無燈無月」一句便夢入巫山，在理解上無疑是斷章取義，也同時滲入了太多牽強的主觀成分；但作者本人說作品要表達的是「不欺暗室」或「心地光明」等意思，也實在不無穿鑿：

> 幾度聲低語軟。道是寒輕夜猶淺。早些歸去早些眠，夢裏和君再見。　丁寧後約毋忘。星眸灩灩生光。但使兩心相照，無燈無月何妨。

上片的「聲低」、「語軟」，措詞溫馨，囑咐對方早些歸去早些休息，好使在夢中再見。作品雖沒有明言「詞中人」是甚麼關係，但措詞、情節及氣氛都如此溫馨如此浪漫，讀者若理解為情侶的小別叮嚀，也實在合情合理。下片「星眸灩灩生光」一句，平情而論，倘若沒有作者後來的補充說明，讀者按上文下理是無論如何都讀不出「胸中正，則眸子瞭焉」之意的。「灩灩」既是水盈滿溢之貌，互參王愧庵〈長亭怨慢〉「星眸灩灩，慣拋向、酒邊人領」之句，則盈盈秋水或灩灩橫波，無妨理解為二人在小別叮嚀時四目交投。最末兩句以「無燈無月」反襯「兩心相照」，運意奇巧曲折而「相照」又語帶雙關，不愧名句。「無燈無月」在當時是實寫夜間燈火管制，但讀者若不知箇中本事而把「寫實」理解為「假設」，思路也極正確，更重要的是完全沒有減低這組名句的文藝價值。名作名篇每多如此，運意有實有虛，而虛處價值尤高。「畫眉深淺入時無」、「恨不相逢未嫁時」或「無燈無月何妨」，不必坐實本事但從虛處感悟，往往愈見佳妙。

名句樹大招風，補白大王鄭逸梅說當年就有人誣指「無燈無月」是不要光明只要黑暗的意思，鍊師娘因此無辜捱批捱鬥；這都是部分讀者脫離文本過分詮釋所作的孽。讀者過分「小心」或過分「斗膽」，都未免過猶不及。有人由「關關雎鳩」讀出后妃之德，有人一見「無燈無月」便夢入巫山；兩者雖有君子之腹與小人之心的分別，卻都算誤讀。在君子或小人之外，閱讀文學作品，我們似乎需要更多具平常心的讀者。秉着平常心閱讀一篇作品，就是按作品的理路作合情合理的解讀：不用強解，不必穿鑿。吳湖帆就是其中一位具平常心的讀者：

罷舞纖腰更軟。差喜行觴玉壺淺。偷閒攜手約同歸，生怕旁人撞見。　相思一刻難忘。今宵眉月初光。曲徑鳴猧臥守，還教種種多妨。

這首收錄在《佞宋詞痕》的和作遺詞水平雖然一般，但和得又簡單又直接，倒是事實；一切箋注或索隱，都成蛇足。

最後，迷的不止是裝幀

午後不管上文下理地隨機取樣慢讀一小段《金粉世家》。話說翠姨掀開綠幔鑽了進去，卻見冷清秋斜靠在沙發上，一手撐了頭，一手拿了一本大字的線裝書。

彷彿流年無恙、歲月靜好，倘若冷清秋拿着的不是線裝書而是「牛津版董橋」，都肯定一樣優雅、一樣迷人。林道群〈牛津版董橋〉說「作者的情懷和筆下的追求，為文須學須識須情，我們固不能至，只好在形式上多下點工夫」實在是十分體貼作者、體貼讀者的話——「只好」兩字把編輯的專業表達得又謙遜，又得體。大概是從沒有童謠的年代開始，接着是為了保住那一髮青山。二〇〇一年，那正是回家的感覺，真好；還有倫敦的夏天等你來：自此「牛津版董橋」軟硬兼施燕瘦環肥橫嶺側峰，每本「董橋」的裝幀都別具心思，書籍的裁切開度或封面的裝幀材料，有平實，也有奇險。二十年來追看「董橋」但堅持不看報章上的連載，只一本又一本追着買追着看。今天回頭一望書架，才明白甚麼是「當時只道是尋常」。

「董橋」業已成為藏書界的熱門關鍵詞，尤其「牛津版」自成一國譜系分明，愛董橋愛文章愛裝幀愛集藏甚至愛投資的，都重視；文集倘有作者簽名鈐章或題字，集藏的樂趣就倍增了。每年書展牛津書檔前大排長龍等簽名我怕人多，人少的場合又肯定是董先生私聚就更加不可能有我的份兒；手頭兩冊簽名本都是朋友幫忙的。祥鐘兄又神通又可惡，收藏的簽名本又多又精，還曾在臉書上開放「集董書」相冊，珍藏琳瑯滿目是三千弱水，我手頭兩冊簽名本無妨視作一瓢飲。

念大專時期文青歲月也學過一下編輯，到今天還記得封面設計的潛規則是：作者名字不能大於書名。既說是潛規則自然是有理說不清的，推測可能與謙遜有關，卻肯定不涉及美觀與否，看初版《從前》就明顯犯規卻一樣好看：書脊和封面上的作者名字都比書名大，筆畫也較粗，放在作者名字下面的中英文書名反而顯得有點瘦長，倒像古書中的「小字雙行」。《從前》既是「牛津版董橋」精裝之始，也是榮獲中文文學雙年獎之始。當年封面上作者「大名鼎鼎」的反傳統安排也許是編輯刻意預設的好兆頭。二〇〇九年再版由張充和署耑則書名題字大於作者名字，張先生書法規矩但看起來不免有點拘謹。個人反而偏愛酒標上董橋的題字，酒是Craigellachie酒廠存的原桶二〇〇二年八月蒸餾的單一麥芽威士忌，分注成瓶裝命名「從前」。且休問是買是還是櫝是珠，珍藏版「從前」的酒標用上了錦龍堂灑金蠟箋，古雅大方，開度窄窄長長，倘留幾枚當作藏書票你說多好。

另一本榮獲「雙年獎」的「牛津版董橋」是《白描》，書脊上書名還是較作者名字小，封面則依潛規則，「白描」二字略大：「描」字一旦放大卻很有「白貓」的感覺。《從前》與《白描》之間還有一櫺小風景。初版《小風景》護封是血紅帶水痕與雲蹤，書度破格作廿四開，切割寬正印數又不多，不少「董粉」求之不得。正方開度近畫冊不似文集，但文章配畫這個正方大書度讓人看得舒服。《小風景》第廿八頁插圖《秋梨黃蜂》四邊「出血」完全充滿整個版面，一絲白邊都不露，齊璜小品的氣韻都溢出來了。若說整本書採用破格開度就是為了遷就這一頁插圖我絕對相信：二〇〇九年董橋在《青玉案》〈與陳文巖吹水〉中憶述與陳醫生競拍《秋梨黃蜂》的戰績，事隔多年還在字裏行間薄怨「害我多花了許多銀子才拿下白石老人那枚秋梨那隻黃蜂」——他自己在《小風景》中張揚的滿紙秋意好風涼倒又隻字不提了。

初版《故事》毛邊本到今天依然矚目，上下切口平整正是天淡無雲水波不興，毛邊只見於書口——「毛邊黨」慣用術語稱之為「側毛」。西西在〈毛邊書〉說：「毛邊書看似原始，反而需要特別選紙裁剪、訂裝、印刷，花許多工夫，恍若製造藝術品，歐洲人就喜歡這種造作的原始。」《故事》的毛邊就滿是這種「造作的原始」，加上封面是硬書殼上再裱以粗布，手感乾乾澀澀，亦別具一番「造作的樸素」。若說「造作」其實我更喜歡《立春前後》，裝幀用料是淺淡微甜的蜜糖色，壓絹紋，經緯縱橫隱隱約約，上面張大千的玉蘭花也許就是〈夜曲〉中龐荔古秀涵蓄的笑容；封面徹頭徹尾是一頁絹本小品。〈夜曲〉是《一紙平安》最末的一篇，此書封面仿皮綠面金字「牛津版董橋」較常見，又親切又莊重。

書，理應包含「文字」以外的組成部分。比如墨色、紙色、紙質、開度、封面、氣氛，還有品味——在在與「裝幀」有關。電子書或有聲書雖都僭稱為「書」事實上只剩「文字」或「聲音」，其餘都欠奉。所謂愛書人或藏書家，愛的藏的都是實體書，說這是耽於色相或結習未忘，我無法反對。當然，有執着便有煩惱，書的聚聚散散正是「容易歸他又叛他」——有時候是「求不得」，有時候是「愛別離」。一旦想到自家收藏的「董橋」簽名太少鈐印不多題跋闕如，我就會援引董橋的話換個角度聊以自解：「歸誰收藏與其說是誰的福分不如說是作品的造化。」如此在精神上「阿Q」一下，心情果然舒坦得多。

「浮沉書海」的意思就是不捨筏不登岸，圖的只是人書偶遇時的百般憐惜或風流雲散後的一絲牽念。相逢是江上浮萍相思是南國紅豆相忘是泉涸枯魚；若論境界，相逢肯定不及相思、相思不及相忘。如此看來，書癡最後迷的，相信一定不止是裝幀。冷清秋永遠都不可能讀得到「董橋」不是遺憾，是造化。

無錯不成愛

蔣世隆在逃難時與胞妹瑞蓮失散，王瑞蘭在逃難時與母親王老夫人失散；一巧。瑞蘭名字與世隆胞妹瑞蓮名字相似，以至在曠野與世隆因誤認誤會而相識；二巧。瑞蘭與世隆在逃難中權認夫妻，瑞蓮則在逃難中拜認王老夫人為義母；三巧。世隆與瑞蘭在招商店私訂終身，只做了一夜夫妻，翌晨即遇上瑞蘭的父親王鎮；四巧。瑞蘭被迫隨父返家，世隆大受打擊投水自盡，恰遇卞老夫人，獲救並拜認卞老夫人為義母；五巧。世隆三年後高中狀元，也拜認卞老夫人為義母的義兄興福高中榜眼，卞老夫人的親兒子卞柳堂亦得中探花，一門三鼎甲；六巧。王鎮在不知狀元真正身分的情況下，主動撮合女兒瑞蘭及養女瑞蓮與狀元榜眼的婚事；七巧。世隆、瑞蘭在不知情的情況下都拒絕婚事，且有為舊愛殉情之念；八巧。世隆、瑞蘭不約而同前往玄妙觀追悼舊時愛侶，居然得以意外重逢；九巧。瑞蓮亦得以重會舊情人興福，有情人得成眷屬；十巧。

在梨園有「聖人」之稱的名伶廖俠懷曾說過「劇藝是無巧不成戲」，若以「巧」作為唐滌生名劇《雙仙拜月亭》的關鍵詞，貼切不過。看過世隆和瑞蘭的戀愛故事，在「無巧不成戲」的啟發下，領悟出戲曲另一條大原則：無錯不成愛。世隆和瑞蘭的戀愛經歷就充滿着各種大大小小的「錯誤」，幸而都給連串的「巧」逐一化解，一對有情人終於可以「排除萬錯」，同偕白首。能造就或成全「愛」的這一點「錯」，可能是「誤會」，可能是「錯過」，可能是「錯摸」，可能是「失誤」；更可能是做法或決定上的「不正確」。沒有這點「錯」，戲曲中的愛情故事就未免太平凡了。

說古人思想封建守舊也許只是事實的一部分。看宋元時代的劇作家，居然編得出《拜月亭記》這種戲——《西廂記》就更不用說——竟容許男主角在曠野初遇女主角時坦白道出「曠野間見獨自一個佳人，生得千嬌百媚。況又無夫無婿，眼見得落便宜」的心聲；又安排招商店店主鼓盡如簧之舌勸說瑞蘭答應與世隆即晚聯衾。南戲中店主唱的那一段：「才郎殊美好，佳人正年少。相逢邂逅間，姻緣會合非小也。天然湊巧，把招商店權做個藍橋。翠帷中風清月皎，算歡娛。千金難買是今宵。」都是哄騙少女的甜言蜜語；曲牌正是〈撲燈蛾〉——風清月皎之夜，招商店內那雙燈蛾，正並翅飛向足以焚身化灰的愛慾烈焰裏去。

宋元以來一直流傳這段興福落草為寇蔣王私訂終身的故事，偶見明代王驥德在《曲律》批評「『拜月』只是宣淫，端士所不與也」；可幸尚未見大群大隊峨冠博帶的道學先生攘臂而前，跑出來批鬥說這齣戲誨淫誨盜指責蔣王是姦夫淫婦。《拜月亭記》還居然可以躋身「四大南戲」「五大傳奇」，與《荊釵記》《白兔記》《殺狗記》《琵琶記》並列，足證宋元以來的觀眾水平都高，都很懂得看戲。慶幸唐滌生當年改編這段拜月傳奇時頭腦清醒且敢於拒絕媚俗：沒有刻意「淨化」世隆的性格，也不曾按世俗人的眼光去「美化」蔣王戀愛過程中的每一個細節。唐滌生不介意保留世隆「好色」「急色」「乘人之危」的性格，也沒有改寫瑞蘭身為女兒家把持不定以至失身的情節；更沒有反過來與封建家長王鎮站同一陣線，認同他逼女返家的做法。我在南戲或唐劇中，始終能看到的是：芸芸眾生中有血有肉的某一個人，而不是戴着相同面具的同一類人。

如果說戲劇的本質就是反映現實或人生，現實或人生本來就不可能「完美」，試問戲劇的角色或情節又何來「完美」又為何要「完美」呢？蔣王的愛情故事就常常令我想起殘酷現實中一些真人真事。大約在九百年前，三十七歲的巴黎主教座堂教師阿伯拉，與年僅十九歲的學生哀綠綺思私訂終身，並生下一子。哀綠綺思為了情郎的前途而無奈否認這段關係，她的叔父指使手下閹割了阿伯拉。哀綠綺思萬念俱灰，在巴黎近郊一所修道院當修女。阿伯拉在聖丹尼斯修道院當修士，公元一一四二年逝世；二十二年後哀綠綺思撒手塵寰，葬在阿伯拉墓旁。

在現實生活中我們要守的規矩無論合理也好不合理也好，都已經太多、太多了，連編一齣戲都不肯放過自己那是自尋煩惱，何苦呢？

容許角色自然地犯一點錯，或者容許情節上合理地發生一點錯，不打緊的。劇情和現實人生一樣，總得發展下去，而故事亦總會完結：不管結局是喜是悲。觀眾喜歡的劇本始終會以不同形式流傳下去。時間是最公正的，正如我深信蔣王的拜月傳奇一定會繼續流傳下去。南戲的作者難道不知道「規矩」是甚麼：「秀才，你送我到行朝，與爹爹説知，教個媒人説合成親，卻不全了奴家的節操。」但作者最終還是容讓瑞蘭不守這條規矩。南戲的作者難道不知道書生應該溫文爾雅的嗎？但作者還是安排世隆一邊「怒擊桌」一邊質問瑞蘭：「你前日在虎頭寨上，若沒有蔣世隆呵，亂軍中遭驅被虜，怎全節操？」雖然如此，全劇煞科前的下場詩只説「愁」説「恨」，始終沒有半點批判或説教的意思：

自來好事最多磨，天與人違奈若何？拜月亭前愁不淺，招商店內恨偏多。樂極悲生從古有，分開復合豈今訛？風流事載風流傳，太平人唱太平歌。

如果一看見「風流」便只想到「相對高級的下流」，那就不必再浪費寶貴的生命去看這些戲了。我不長進，能趁着月明之夜重讀一遍《拜月亭記》或再觀賞一次唐滌生的《雙仙拜月亭》，已經心滿意足。

在現實生活中，我們要守的規矩，無論合理也好不合理也好，都已經太多、太多了，連觀賞一齣戲都不肯放過自己，那是自討苦吃，又何必呢。

秋至説江廚

談到江家菜或太史食譜，幾乎不可能繞過「蛇羹」。

約上世紀四十年代以後，江家家廚有在港掌勺、授徒者，故「太史蛇羹」及好幾款江家菜如太史豆腐、太史田雞的製法，意外地得以在香港保留、流傳。而太史的孫女江獻珠更是本地著名食家，對傳承、發揚江家菜亦不遺餘力。至於江太史的十三公子南海十三郎，更是成長、生活於江家食風最鼎盛的年代；當年江家席上百味珍饈，只道是尋常。五十年代十三郎流寓香江，每每撫今追昔；因美食而憶及過去的種種人事，不勝欷歔。二〇一六年我編校十三郎的舊報專欄成書，對文章中有關江家菜的回憶片段，尤其注意。

一九四〇年十一月十一日香港《大公報》刊登一則「江太史蛇羹」廣告，

標榜「寶漢酒家」（在九龍侯王廟前）和「山光飯店」（在跑馬地山光道）特聘江太史門下名廚監製「江太史蛇羹」。廣告交代了有關這道名菜的一些資料，令我們對這道極富傳奇色彩的名菜有更多認識：

菊花蛇羹起於晚清，三冬饗客，遂成風尚。火鍋食法，尤創自江府。廚子首推梁森，次盧端，又次李才，又次陸榮，其他皆非江廚嫡派。自梁森故後，盧端、陸榮亦相繼去世，今只存李才一人，尚在香江。本酒家飯店多方設法聘請李才君親臨監製蛇羹，一如江府風味……。

四十年代江太史、李才尚健在，難怪廣告直言：「並非假冒影射，即質之太史亦難否認也。」這段廣告中「太史蛇羹」和「江廚嫡派」等信息，值得重視，可與十三郎或江獻珠的說法作對比或互補。十三郎當年曾與父親江太史「同檯食飯」，他在六十年代的專欄文章中就多次談及太史蛇羹。據他說，「蛇羹需邊爐鍋煮食，始覺解寒」、「食蛇以熱食為佳，故用邊爐鍋，慢火煎蛇羹」、「食蛇羹亦有方法，需用邊爐鍋，熱火烹食方始行氣」；正是《大公報》廣告提及「創自江府」的「火鍋食法」，李才果然深諳江家食藝。後人談江家蛇羹者，多強調刀章、食材，卻少見提及配以「邊爐」的食法。

江家蛇饌主要有兩種，其一為鮮有人談及的「燉蛇」，即以蛇去骨，斬件以火腿、雞腿合置盅內慢火燉煮。此種製法只適合一二人食用，只飲湯汁，用以補身。若饗宴聚餐，則需作「三蛇會」；這就是大家熟悉的「太史蛇羹」。「三蛇」即：金腳帶、過樹榕、飯劏頭。又坊間有另加三索線、百花蛇或水律蛇而成「五蛇」者，則未知是否傳統的江家菜，待考。據十三郎說，每備一次蛇宴，需蛇十餘二十副——為甚麼句子中與「蛇」字搭配的量詞是「副」而不是「條」呢？原來蛇饌、蛇店的溝通默契，是以「三蛇」為「一副」。一席蛇宴需蛇二十副的話，那是以六十條蛇為食材的意思；「蛇量」不少，真可稱為「大陣仗」了。

製蛇羹需輔以雲南火腿、北菇、冬筍等材料。十三郎慨嘆坊間多捨北菇而用雲耳，棄冬筍而用花膠，湯味又不夠濃：「只以價廉博多客而已。」至於「龍鳳會」，則以龍喻蛇、以鳳喻雞；需用十多隻雞熬湯，唯雞湯不可過濃，濃則奪蛇味。蛇肉拆絲後更需混以蛋白和豬膏（不用生油），取其甘滑。又「龍虎會」有誤傳為烹蛇煮貓，其實「虎」是指果子狸：果子狸切絲，配以走油後的雞絲，方與蛇同煮；湯汁則以一份果子狸火腿雞湯混以三份蛇湯而成，並配以冬菇絲、冬筍絲，令蛇羹更爽滑。

食蛇更需配以菊花、檸葉、芫荽、薄脆。入饌的菊花雖非主角，但品種也非常講究，配羹者當以「風前牡丹」為首選。此品種開花較遲，白瓣而巨型，大如牡丹，故名。坊間所傳「蟹爪」，實為次選。此外，吃蛇羹又需飲蛇膽酒，始能進補行氣：蛇膽需先泡以熱雙蒸酒（或三蒸酒），再混入凍酒，始有真味。十三郎說蛇皮亦可食，惜製法未詳；互參五十年代葉靈鳳的〈蛇王林看劏蛇〉：

本來，蛇皮是相當值錢的，但那只是指大蟒蛇而言（即蚺蛇，俗名南蛇，又名大琴蛇，因為牠的皮可以蒙胡琴），像這樣兩三尺長的金腳帶之類的皮，是根本一錢不值的。有時，也有人炒了來吃，稱為「炒龍衣」。

只是不知江廚對蛇皮是否另有獨特的製法。

舊報廣告上提及梁森、盧端、李才和陸榮四名「江廚嫡派」，盧、陸二人的生平事跡不詳，而李才則最為香港人所熟悉。李才曾在恒生銀行的「博愛堂」掌勺，共事者黎有甜、李煜霖，據云亦得承太史蛇羹製法；二人後來分別在「桃花源」及「國金軒」掌勺，亦深得食客推崇。李煜霖有弟煜權、煜衡，師承李成。李成是李才的姪兒，外號「崩牙成」，亦擅製蛇羹，曾在上環經營私房菜，一座難求。「崩牙成」有子承父業，人稱「根哥」。據十三郎說，李才有弟李明，亦諳製蛇，《小蘭齋雜記》云：「尚有乍畏街之蛇王林，均為三蛇會，主理廚師，為舊日家廚李才之弟李明。」「乍畏街」是「Jervois Street」的舊譯，即「蘇杭街」。

至於位列「江廚嫡派」之首的梁森，曾納十三郎二母林蕙蘭的近身婢女采玲為妾，後辭去江廚之職，在佛山自設杜侯食店，十三郎說：「采玲亦助廚中工作，夫婦合力經營，竟成小康之家。後梁森病亡，采玲撫子成人，或從政，或從商，或業農。」算是江家飲食掌故的「外一章」了。

江家名廚尚有舊報廣告未曾提及的李子華。十三郎曾說「廚師有盧端、梁森、李子華、李才等，均善烹調」，江獻珠也曾提及他。五十年代中上環孖沙街有一列食檔，店名是「小欖公」，主理人蕭旺。「小欖公」有海鮮有小炒，一到傍晚便食客盈門，座無虛席，生意興隆，營業每至深夜二時。「小欖公」秋冬季亦兼做蛇宴，據云係由李子華親自炮製（見一九五六年十一月二十六日《大公報》）。六十年代十三郎在香港也曾品嘗過承藝自李子華的蛇饌，可惜未詳店號：

某茶室更以「太史食譜」為號召，年前曾請余至該店蛇宴，一評製法。余偕友同往，得嘗蛇羹及炒蛇絲，覺味頗可口。該號製蛇為已故家廚李子華傳授，李隨先父多年，對製作蛇羹，素有研究，惟該號所製蛇羹，純為「三蛇會」，配以花膠、雲耳，蛇味則濃，而甜味尚嫌未足。

可知江廚李子華也曾在香港發揮、傳承過江菜絕藝，而且頗受食客歡迎。

此外，一九六四年四月在九龍通菜街開張的悦興菜館，亦製蛇羹，其法原來承傳自江仲雅。仲雅為江太史元配區畹蘭所出，行二，早年曾留學日本。一九六四年六月二十五日十三郎在報章專欄上說：「近經世變，家中弟兄十人，只餘余及二兄仲雅在港，雁行星散，感慨良多，適逢佳節，寂寂度過，黯然神傷。」此番滋味，又當在思蛇饌、念江廚之外矣。

可不可以

可不可以說
一株檸檬茶
一雙大力水手
一頓雪糕梳打
一畝阿華田？

——西西〈可不可以說〉（節錄）

演繹一篇文學作品，可以通過朗誦、通過舞蹈、通過攝影、通過劇場、通過電影；當然，也可以通過書法。

比如用書法寫一首詩，細緻地分析起來，就是：通過筆墨線條氣韻佈局，表現這首詩的感情深意氣氛思想。到底該用哪一種書體？寫多大的字？用甚麼紙張？是橫是直？用墨又該濃該淡？在配合文學作品內容的大前提下，都要深思。一下筆，即意味着書法家已做好最佳又最恰當的藝術決定。如果說文學作品主導着或影響着書法家的藝術決定，那麼，選寫甚麼內容，可說是整個藝術行為的第一步，而且是決定性的第一步。

書法向來與古典詩詞歌賦「合作」無間：用狂草寫一首龔定庵詩，可以表現怨去吹簫狂來說劍的「銷魂味」；用六分半書寫一段〈酒德頌〉，則盡顯不羈與放浪的「疏狂味」。這其實就是表現形式配合內容感情的問題，跟文學創作「因情立體」的說法大致相同。藝術每每講求「變化」；而變化與創新，又有着密不可分的關係。循此思路思考「書法與文學」，若能變換一下對「文學」的看法，書法作品就會有更大的變化空間、更多的創新可能。

「文學」不一定指古典文學，白話文學、香港文學、通俗文學、方言文學、翻譯文學、廣告文案……，都是文學。香港藝術館「漢字城韻」展覽展出徐沛之草書通景八屏，寫香港詞人黃偉文名曲〈陀飛輪〉。徐書飛白處果然描得下飛逝的時光、過隙的白駒。這其實跟用草書寫辛棄疾的〈青玉案〉一樣——都是抄寫一首歌詞，但宋詞一旦換上了流行曲，整件書法作品就在「非慣性」中透出藝術火花；所謂「耐人尋味」，正是藝術作品吸引人之處。文學既包括地道的歌詞，南音呢？南音是香港、珠江三角洲一帶以廣州話表演的傳統説唱藝術，「漢字城韻」展出陳華煜的小楷作品，寫的正是南音名曲〈客途秋恨〉：小楷寫得玲瓏乾淨，不取巧不苟且，安安詳詳地在每個淺綠色欄格內待着，天頭處朱筆題記密密麻麻點點滴滴，別饒意趣。參觀這兩件書法作品，香港人會感受到一份「親切感」，非香港人則可能會感到一絲「陌生感」——兩者都是藝術的感覺、藝術的享受。

成見是藝術的頭號敵人。坊間流傳，于右任寫的「不可隨處小便」告示給人割裱重裝成「小處不可隨便」。我在〈大雅之堂也有廁所〉說：「這該不是『佳話』而是『笑話』。喜歡于右任書法的話，原作『不可隨處小便』更見趣味，不必割裱。」看鼎泰豐台北永康街祖店于右任手書的「鼎泰豐油行」，雖不是經典文學或格言名句，卻跟香港的「泉章居」一樣，可以傳世。于老曾給孫女待燕寫中譯雪萊名句「冬天已到了春天還會遠嗎」，「萊」字異體作「萊」雖容易令人誤以為詩人是「雪菜」；倘援引「八大山人」落款暗示「哭之笑之」的先例，視「雪菜」為別具暗示性的藝術誤讀效果，請問可不可以？

藝術的變化或創新，思考的起點往往是「可不可以」：可不可以用佘雪曼的蓮體寫冰心的「母親啊！你是荷葉，我是紅蓮」？可不可以用唐人寫經體抄一段新約《馬可福音》？可不可以用謝无量的孩兒體寫一遍西西的「一雙大力水手／一頓雪糕梳打／一畝阿華田」？可不可以用金農的漆書寫香港街牌「漆咸道南」「漆咸道北」？可不可以用瘦金體寫黃偉文填詞、鄭欣宜主唱的〈你瘦夠了嗎〉？當然，刻意顛覆上述的組合，也是「可不可以」的另一個藝術思考角度。柳亞子〈新文壇雜詠〉早有「能標叛幟即千秋」的高見，比如說：可不可以用徽宗瘦金御體寫「渠王通渠免棚九二二六三二〇三」？那將會是另一次嘗試、另一種藝術決定、另一番藝術效果：倘若徐沛之用「書聖尺牘體」給我寫一頁「此處錢多人傻速來」——啟首作「沛之頓首」——多好。

笨蛋

做飯時分，母親又打「笨蛋」。

小時候倚在灶旁看母親做飯，印象最深刻者，莫如母親的「笨蛋」習慣。比如做一盤蒸水蛋，母親會先直接在蒸盤內打入第一隻雞蛋，但接着無論加多少隻蛋，都會先逐一打在小碗內，然後才倒進蒸盤內。當然，份量少打兩三隻笨蛋畢竟事小，也就算了；但遇上煎蛋餅或做奄列，蛋漿份量多，打七八隻蛋若效母親這般「多此一舉」，那自畫蛇足的一點點固執與愚蠢，就會漸次放大擴大甚至發脹。我終於按捺不住語帶譏諷地問：「所有雞蛋都直接打到蒸盤去不是更省事嗎？」母親笑說我不懂事：「你識乜吖，你淨係識食！」

為了證明母親的笨，我特別留意其他人的打蛋習慣。事實上，打從熒幕前的中外名廚李太方太以至左鄰右里資深人妻甚或初歸新婦，都沒有如此「笨蛋」的。打蛋，是一門很專業的學問。比如在鍋邊或碗邊敲蛋容易把碎殼推到蛋液裏，專家都建議在硬平面上磕蛋。若要瀟灑地單手打蛋就更講究技巧：食指中指扶夾住雞蛋較圓的一邊，無名指尾指扶托着略尖的一頭，大拇指放在中部，手掌墊着雞蛋，然後在平面上輕磕蛋的中間位置，再用暗勁半扭半拉，打開蛋殼。可是，母親打蛋既毫不專業，而且程序無一不笨：既敲碗邊，又用雙手開蛋殼，還要外加那改不掉的「笨蛋」習慣。難怪父親經常數落母親，但母親回應也絕妙：「係呀，我係笨，唔笨又點會嫁你。」攻中有守，以退為進，算是母親平生得意之「駁」。

九十年代我初為人夫，三日入廚下洗手作羹湯，少不免裝腔效顰以單手打蛋入鍋，結果卻總是捏爆蛋殼弄得蛋液四濺。此後雖無奈地接受左右開弓，但始終堅持不打笨蛋。那一次，我把第三隻蛋直接打進蒸盤內，雙手掰開半裂的蛋殼時，隱約瞥見蛋液像久漚濃痰般灰灰綠綠，混濁稠滑中又夾雜些暗黃；一股近似硫磺的刺鼻異味自蛋殼內湧出。我心知不妙但手眼卻來不及協調，說時遲那時快，濃痰已跟蒸盤內的蛋液混在一起——欲辨茫然，回天乏術。看着蒸盤內金黃與灰綠相混交融，正是食之無益棄之可惜。

其實，做菜向來講究心思。刀功精細在瓜菜上雕龍塑鳳，是看得見的具體心思。至如調味精準鹽糖互濟，箇中心思雖然抽象，卻一定可以嘗得出。母親「逢蛋必笨」，在成品的造型和味道上雖完全不着一點痕跡，但過程中卻隱含豐富的人生哲理——既是「不怕一萬，就怕萬一」、「居安思危」、「防患未然」以及「作最壞打算做最好準備」；又同時引申得出「一顆老鼠屎壞了一鍋粥」甚至「人不知而不慍」的意思。

母親婚後全職主持中饋，大半生為一家五口管吃管喝，責之所在，無論在刀俎魚肉之畔或灶爐鍋碟之間，總是小心翼翼，如履薄冰。當年在灶旁母親只薄責兒子不懂事，卻始終不肯當面道出「笨蛋」的層層深意。也許，母親不得不承認，遇上壞蛋的機會其實微乎其微；自己長期堅持打「笨蛋」只屬個人的杞憂，卑之無甚高論，不說也罷——倒不如容讓兒子在成家立室後，才把當年打在小碗中的笨蛋加到兒子的蒸盤內。

貓之詮釋

我養的第一頭貓，因耳朵不豎，貓頭平平戴了四方帽似的，大家都叫她「博士」。

那天，我們用一個小紙箱接小貓回家。由市區開車回上水，車程長車廂不免顛簸，小貓在紙箱中好奇地探頭外望，眼睛又圓又大。那時我還未完成博士學位課程，太太笑説小貓捷足先登：「她本來的主人叫她『博士』，要起一個新名字嗎？」我認為仍舊貫不必改作，自此大家都叫她「博士」。

説「大家都叫她『博士』」，「大家」，包括家人和親友，連後來才到家中幫忙料理家務的菲傭姐姐，都學着用不太靈光的廣東話跟着叫。親友們都一定知道我家的「博士」，只因我不時會在閒談間鼓盡如簧之舌，宣揚博士的豐功偉績。比如說，第一天接貓返家最擔心的「上廁所」問題對我們來說就完全不成問題。在廁角放置好貓用的便盆，再裝腔作勢又滿有威嚴地跟她說：「記住這裏，記住呀。」博士望着我，似懂非懂，然後在廳角坐了一會兒，就施施然走到便盆「方便方便」。我們高興極了，竟然完全不費吹灰之力就「訓練」成功。亦因為這個好的開始，我們加倍疼愛博士，還穿鑿附會，不斷羅織她在日常生活中的「軼事」，略加主觀渲染和擬人聯想，四處向親友張揚吹噓，說我家養的貓懂得聽人類講話；講得興高采烈口沫橫飛又語無倫次，甚至誇張地說：她是一頭「人扮」的貓。

貓其實是一首好詩，經得起各人不同角度的詮釋。我一般是循着擬人或誇張的思路去詮釋一隻貓。總之貓是不會參與說明的，都尊重閱讀霸權都憑君說，只要能自圓其說，便好。貓的一切舉動都是滿帶暗示的象徵或意象，誰要與貓相處、溝通，就一定要用心詮釋。

博士加入成為我家的新成員後，兩個兒子才先後接着加入，所以博士在家中輩份特別高。我們都指着博士給兒子介紹：「家姐貓，是大家姐呀。」聽說嬰兒會對貓產生過敏反應，兒子初生時我們確實擔心過一陣子。我還是那一招，對博士說不要進入孩子的房間：「記住呀。」博士望着我，似懂非懂，然後在廳角坐了一會兒，就施施然繞過孩子的房間，自此也沒有跳上過孩子的床，也沒有磨蹭過孩子。兩個孩子也爭氣也合作，完全沒有過敏反應。自此，我們就更疼愛博士了。類似「不入嬰兒房」或「不磨蹭孩子」的事跡，經我們着意點染炫耀，在親友圈中廣泛流傳，聽者無不嘖嘖稱羨：「真少有，博士真懂事。」

我趕着完成學位論文的那個暑假天天耽在書房裏敲鍵盤寫文章，孩子在飯廳那邊吃奶睡覺，博士就一定待在我的書桌上，在書堆中睡覺。熟睡中貓爪有時會突然搐動，這是我相信貓也會做夢的有力論據：博士一定是夢見了蝴蝶。貓睡醒了，會翻身四腳朝天，示意我摸一下她的下巴或肚皮。我常埋怨她在我趕工時干擾我的寫作進度，打擾我的清修；只好在書堆前一邊撫捏她一邊輕聲跟她講一遍「南泉斬貓」的公案，意在恫嚇：「師因東西兩堂各爭貓兒，師遇之，白眾曰：『道得即救取貓兒，道不得即斬卻也。』眾無對，師便斬之……。」還未講到趙州禪師出場，她望着我，又是似懂非懂的眼神，卻忽然高興得喉管顫動起來，「呼嚕呼嚕」之聲大作。我隨手拿一本書輕拍她的頭：「再頒你一個佛學博士學位。」

博士到我家不久，兩個孩子才先後「加入」，都說「先入為主」，博士始終排第一位。孩子若跟貓爭寵，也太沒出息吧。可幸大家都沒異議，太太更説溺愛會寵壞孩子，溺愛博士卻沒有這問題——這就是博士作為一隻貓的分寸：恃寵而不生驕。以常見的打破碗碟為例，博士只打破過一隻瓷碟。那次博士不知是否追捕飛蟲，直追入廚房還躍上灶頭。她是從來都依教導，不進廚房的；我見她蹲在灶頭，連忙語帶嚴厲地叫她下來，她轉身一不小心打破了灶頭上的一隻碟子。就只一次，損友愛耍貧嘴，説應該一次都沒有，才算好貓。我強壓怒火反駁説，最寧靜的環境不是甚麼聲音都沒有，而是「針落有聲」；以有聲説無聲，才見高妙。博士打破的那一隻碟子，就是萬籟俱寂中那落針的微響，到今天，我還隱約聽得見。

都説「貓認家，狗認人」，搬家對貓來説是大災難，恰巧次子出生後的那幾年，正是我家顛沛流離的歲月。大約是二〇〇三年沙士感染香港之時，我們經濟上也同時出現了大問題，最終要賣掉自置自住的房子，租住另一區去。搬離上水的那一天，有點倉皇，有點忙亂，要搬的家當雜物又多，還未來得及把博士先安置入貓籠，搬運公司的五六名壯漢卻已臨門，攘臂邁步風風火火地動手搬東西。貓怕見陌生人，一直躲在紙箱後面不肯出來。折騰大半天好不容易搬到新租住的居所，第一件事先餵貓，再放好便盆。這一次也不用多交帶，一切但憑心照，百忙中只跟她說：「乖喇博士，自己上廁所去。」博士果然懂事。

遷居沙田剛好近兩年，雜物才勉強放置停當，卻因業主不允續租，我們又要再搬家。有了經驗，加上是次遷往鄰座，搬家那天我們提早把博士先移到新居單位，過程一切順利，博士也能再一次適應新居的環境。上水舊居窗戶從不加裝防貓「跳樓」的紗網，租住別人地方業主亦不容許，我們都是叮囑博士要懂事：「千萬不要爬窗，爬窗的話就再見不到主人了。」博士雖然還是似懂非懂的模樣，但以具體行動作證明：她是懂的。

搬到「第三家」，博士肚皮上的乳腺出現癌變，寇醫生說可以動手術切除，但博士太瘦，兩列乳腺若同時切除，旁邊的皮肉不夠厚縫合傷口有困難，建議手術分兩次做。我們都害怕博士熬不過這一關，但始終還是狠下心腸下了決定。麻醉藥效過後，我們輕拍着她，博士雖然沒精打采，但還是不忘給我們回應：「呼嚕呼嚕，呼嚕呼嚕。」伊麗莎白圈是「長喇叭」狀的頸圈，用以防止動物舔舐未癒合的傷口。博士動手術後最抗拒這個套在頸上的「長喇叭」，戴了兩天見她悶悶不樂，我們跟她約法三章，說「長喇叭」可以除去，但要答應不舔傷口——博士也真懂性。動過兩次手術，命算是保住了，但博士自此顯得異常怕冷。天涼好箇秋，稍為轉吹一陣西北風，她就幾乎是足不着地，都走「上路」——「上路」的意思是家中由檯椅櫃架床几案所組成的離地高架貓行路線。冬天就更難熬，太太用舊羽絨夾克改縫作貓的暖窩，博士一見就喜歡即鑽到暖窩裏頭冬眠。我們戲稱暖窩是「羽絨城」，博士是「城主」。城主年紀漸大，冬眠不覺曉；有時要我們在城頭輕輕喚她：「城主，吃飯喇，吃完再睡吧。」

雖然一再搬家，但博士都很能適應，所謂「貓認家，狗認人」的說法恐怕有例外，起碼博士一定是個「特殊個案」。博士就偏是認人不認家，任我們遷到哪兒，博士都緊緊跟隨着；任我們生活多忙亂多失措，也從不為我們添煩添亂。那該是楚山秦山上的白雲，處處長隨君，「君入楚山裏，雲亦隨君渡湘水」。前幾年感謝朋友幫忙，讓我們租住他自置於馬鞍山的房子，朋友體貼，租期得以將就，用不着年把就要大費周章另覓居所。博士得以在馬鞍山度過她一生中最安穩最平靜的日子：嗜睡，少吃，依人；總不忘「呼嚕呼嚕」。蘇東坡説「問汝平生功業，黃州惠州儋州」，我唐突古人，戲說自己的平生功業是「上水沙田馬鞍山」。博士耽在我懷裏「呼嚕呼嚕」的時候，我總愛帶點鬼祟地輕聲問她：「是朝雲嗎？」

二〇一四年冬天，寇醫生說博士不行了，建議在診所給她人道注射，讓她走。我和太太都捨不得，堅持帶她回家等她自願離去。寇醫生也細心，囑我們回家後在她耳邊細細叮嚀，叫她離去：「貓會懂的。」那一個晚上，大冷，我用大毛巾裹着博士，抱着她，已經聽不到「呼嚕呼嚕」了。我一邊輕輕拍着她一邊在她耳邊說：「在這兒玩得夠了，要回去喇，你先走吧。」深冬日短夜長，翌日拂曉時分寒風似剪，天還未亮透，博士果然先走了。

是我刻意把「你走吧」說成「你先走吧」，這個刻意加上去的「先」字相信博士一定聽得懂：你先走，我們隨後就來。可不是嗎？這並非語帶不祥的詛咒或凶讖，而是事實，是最終可以重聚的確據——試問：誰可以「不走」呢？說「走」，無非是誰先誰後的分別而已。

下編

彼岸

肉乾啟示

《論語・述而》：「子曰：『自行束脩以上，吾未嘗無誨焉。』」自此束脩與教師專業拉上了關係。邢疏云「束脩，禮之薄者」，薄禮未詳是何物，查一般工具書的解釋是：一束類似臘肉的肉乾。束脩未知可否「即食」，如能「即食」，則近似肉乾零食。廣東人說「鹹魚臘肉，見煙就熟」，既然如此快熟，估計即使不加烹煮，「即食」諒也無妨。

吃台灣肉乾總想不起「新東陽」也想不起「快車」，卻總想起夏宇。喜歡讀夏宇的詩，也因此更喜歡夏天、更喜歡肉乾。

二〇〇三年仲夏出版的《中外文學》刊載了夏宇的座談講話，她說傾向把事情翻譯成一個幼稚的情況，又說寫詩像吃蘋果；我深有同感。我其實也愛蘋果，記得念小學的時候老師鼓勵我們要欣賞花生、要學做一顆花生。所謂「做一顆花生」的意思是學習花生的德性，因為當時教的正是許地山名篇〈落花生〉：「小小的豆不像那好看的蘋果、桃子、石榴，把它們的果實懸在枝上，鮮紅嫩綠的顏色，令人一望而發生羡慕的心。它只把果子埋在地底，等到成熟，才容人把它挖出來。」但我卻實在想做一枚蘋果，原因也許幼稚：只是想要敲中牛頓的腦袋。老師說敲腦袋容易造成傷亡，說到底也算不上是甚麼遠大的志向，勸我不要胡思亂想，要集中精力好好地向花生學習。到了念大專時，教授終於在文學課上說夏宇的復仇最甜蜜，要我們細心閱讀、慢慢體會：

把你的影子加點鹽
醃起來

風乾
老的時候
下酒

我在課上神遊物外，詩句中那條用人影為食材的束脩或肉乾，讓我胡思亂想的老毛病又發作，不知為甚麼老是想起八戒被生擒後那妖怪的「豬肉乾」計劃。《西遊記》第三十三回中「二魔」對「老魔」講的幾句話我敢肯定夏宇一定讀過：

把他且浸在後邊淨水池中浸退了毛衣
使鹽醃着
曬乾了

等天陰
下酒

為此，我興致勃勃地計劃以「夏宇〈甜蜜的復仇〉與吳承恩《西遊記》的文本互涉及顛覆」為題撰寫畢業論文，旁人卻都笑說這題目太長而主題跡近無聊構想亦未免幼稚，都勸我改寫「現代詩意象」或「小說人物形象」之類的題目。

如此這般，潛意識中那枚我深愛過的蘋果早給曬乾了又風乾了，更無重量與力量敲響牛頓的腦門。好多年前在床頭讀夏宇的〈溫和的夢想家〉，夢想也許太溫和，叫人似懂非懂，那夜卻夢見滿頭銀髮的牛頓手持鋒利的慧劍來到樹下，溫和地撿起地上一枚半風乾的蘋果，微笑，慧劍橫揮，我才看見那顆橫嵌在蘋果腹腔內的星星。原來，那星星跟夏宇筆下風乾的影子一樣甜蜜，一樣可以用來下酒。

夢醒後我就立志要當老師，天天都要敲學生的腦袋，要他們看到蘋果腹腔內的星星。學生都埋怨好辛苦，我卻認為這是最甜蜜的復仇手段。當然，生命有限時間無多，為着能持續而全面地進行這項甜蜜的復仇計劃，我得完全放棄學做花生的宏願，而「現代詩意象」或「小說人物形象」的研究計劃也始終沒有完成。

古早味

在台灣常會看到「古早味」的招徠用語，賣冰棒的賣燒仙草的賣芋圓的都用這三字作標榜。「古早味」原來是閩南人用來形容古舊味道的用語，也兼有「懷念的味道」的意思。「古舊」「早年」的「味道」，難得望文可以生義，一點都不曲折。到網上搜尋一下，「古早味」原來還隱含「早期化工食品產業不發達，料理做法比較單純，以手工料理食物為主，料好實在」的意思。「化工食品」一詞好嚇人；「單純」則讓人放寬心。

老饕一般都愛追尋單純反璞的「古早味」，大概是為了彌補回憶中的某些遺憾。我曾在〈不是那回事〉談「江家菜」，說「求真」跟「求好」向來是兩碼子事，而這兩回事又往往未必就能兼容：好的未必真，真的未必好。「古早味」相信也不一定等如「美味」，更何況，「古早」容易流逝，容易給淹沒給淘汰，回憶卻是古早味道的招魂幡，品味不進取向前反而往上追溯：一份小吃、一闋老歌、一爿舊房子、一碗麵線、一張發黃的舊照片；都令人嚮往。難怪人年紀越大對種種逝去的味道就越執着，粵語中有一句「番尋味」，完全是我等年過半百的「老生」常談。

「古早味」肯定不直接等如「美味」，商品以此作標榜無非是善意地綁架顧客的懷舊感情——顧客在檔攤前付贖金付得心甘情願。已是曾經滄海的顧客滿腦子「難為水」、「不是雲」，滄海依舊，巫山如故，以不變應萬變，「古早味」販賣的無非「就是這個味道」。二〇一〇年樂果文化出版的《尋找台灣古早味》記錄了三十六種瀕近失傳的傳統台菜，書中形容台南的油飯「柔軟又帶QQ的感覺」，又盛讚當地的糯米飯「香軟Q滑」。作者黃婉玲盡心盡力保護台菜古早味的將滅風燈我佩服，生於台南長於台南尋找當地的古早風味佔盡地利與人和，可是下筆成文Q來Q去卻總欠一點兒古早味。文字的古早味向來比食物的古早味更難保留也更難以此招徠。愛在文字裏尋古、尋早、尋味的作者或讀者，畢竟都少，是以晚近文壇不少字詞句段都越來越見「Q滑」。

文字的古早風燈其實跟黃婉玲珍惜的傳統台菜一樣，都半滅，而且動人。《隨園食單》「烘」「熯」二字用得精準，我當年閒中翻書竟給嚇了一跳：「龔司馬取秋油煮笋烘乾上桌」用「烘」不用「熯」；「取陳蝦油代清醬炒豆腐，須兩面熯黃」用「熯」不用「烘」——前者夠乾後者夠脆。袁枚詩筆與口吻向來油滑，但食單中那點點充滿古早味的用字心思，卻非「Q滑」兩字可以隨便講得明白的。

貓空問茶

由木柵乘纜車往貓空；貓空地高，最宜眺望，可以遠看台北市景色。此處早年產茶，有了這一重因緣，茶店特別多，旅遊主題鮮明，遊客一天多似一天。鐵觀音與貓空關係特別密切，話說台灣茶界北斗張迺妙於光緒年間為貓空引進的正是福建安溪的鐵觀音。現在，坐落於貓空指南路三段的張迺妙茶師紀念館由張位宜管理；到貓空觀光，鮮有過門不入的。

木柵張氏宗枝繁衍，據台北市政府統計，木柵觀光茶園負責人姓張的特別多。到貓空問茶不通姓字也可以，指點銀瓶叫聲「張老師」或「張先生」大抵錯不了。更何況紀念館的張先生是張迺妙茶師文孫，叫「張先生」就更理直更氣壯了。聽說當年張迺妙先生常以「藝深人貧」四字自勉，茶界大布衣，當之無愧。眼前這位張先生承上祖布衣之風，笑眯眯的又和藹又親切，邊喝茶邊談天，從從容容的非常健談。我在館內先試品了幾款半發酵茶，因天氣炎熱喉乾舌燥，品茶一旦變成了解渴，好喝不好喝就不容易說得準。

張先生泡八十年代的舊烏龍我十分喜歡，水路綿滑茶香沉穩老氣橫秋。每盞舊茶都可以附帶不同的經歷和故事，是價值的一部分，也是味道的一部分；有時更可能是創作的一部分。近二三十年品茶藏茶風氣大盛，茶的故事一下子變成了傳說，再由傳說一下子變成了神話，再由神話慢慢變成了謊言。一把茶壺一片茶餅，都連繫着一部部中、長篇小說；越是杜撰越多聽眾。張先生也不在意於談回收舊茶的故事，只是淡淡地打開茶罐，攤攤手，說：「偶然遇上了這幾斤舊茶，也不多。」

八十年代舊烏龍我要了六兩。張先生堅持六兩茶葉要均分成三袋個別包裝，在茶架前珍珍重重地跑來跑去好幾趟又包了好幾回，還問我要不要把錫箔袋抽真空，我說不用了，他轉頭就說：「對呀，對呀，抽真空茶葉就碎了。」來來回回又搞了好一會兒，才恭恭謹謹地把三包茶葉封裝好。茶葉條索蓬蓬鬆鬆包在錫箔袋裏，外表看起來略帶虛張的聲勢。張先生雙手捧着三包茶葉還不到半斤重，卻居然以「舉輕若重」的姿勢配合：看起來真像捧着三塊沉甸甸的銀磚頭，給人挺有份量的感覺。

離開張先生的茶店，走了十多分鐘忽然下起大雨，我們狼狼狽狽地走進附近的餐館避雨、用膳。所謂「來者不善，善者不來」，貓空餐館的茶品五花八門對食客有一定的吸引力，食店亦以名茶作標榜，點幾道簡餐來幾盞地道好茶，或冷或熱都可口，都享受。更難得店家別出心裁，居然巧製一款名喚「鐵觀音饅頭」的小吃，連忙下單。端上來的小饅頭，都在薄薄的油光中帶點淡咖啡色——應該說是「淡茶色」。蒸籠內的幾枚小饅頭，看起來真像銅鐵鑄就的小玩意，剛出洪爐，還冒着熱氣白煙，感覺上一碰上指頭就會遭「炮烙」。好不容易饅頭擱涼了，滿懷好奇又滿懷希望地咬一口，再加上過去幾十年應用在寫作上的殘餘聯想力——卻是一點茶味都嘗不到。

小月的味道

據說「度小月擔仔麵」的創始者是光緒年間台南漁民洪芋頭。

台南夏季常有颶風，漁民在風季無法出海捕魚，生計維艱，漁民稱這難熬的月份為「小月」。洪芋頭為了在「小月」維持生計，忽發奇想，在廟前賣起擔仔麵來，並在麵攤前的燈籠上寫上「度小月擔仔麵」以廣招徠。今天，號稱百年老店的度小月台北分店裝潢簇新而且頗具新時代格調，卻始終不忘宗本，忠孝店大門招牌上大字寫着「Since 1895」。這一年，清政府把台灣割給日本；這一年，台灣到處都有不甘受日人統治的人起來反抗。這一年，動盪不安的台灣，是狂風暴雨吹襲下的一葉孤島，這段台灣歷史中的難熬歲月真可說得上「小月如年」。這一年，半傳說中的洪芋頭，就在台南市水仙宮前賣麵。水仙宮奉祀的大禹、項羽、寒奡、屈原、伍子胥，一帝二王兩大夫，一個經年治水一個烏江自刎一個陸上行舟一個抱石投江一個屍沉江底，個個都活得辛苦活得可憐；漁民相信他們有平靜風浪保祐百姓的神力，都供奉。洪芋頭在廟前煮水煮麵熬肉燥，水蒸氣和肉香瀰漫，是供奉廟內尊神的上佳祭饗。跟南宋燕山李和炒栗一樣，洪芋頭的擔仔麵也許都帶着濃厚的興亡味道，灶旁燈籠上「度小月」三字已經深刻地書寫到人生與歷史上去。

莫說漁民目不識丁文化水平低下，能把「難關」說成「小月」實在不止是修辭藝術，更是生活的崇高境界。「難關」也真的太沉重了，「小月」則輕靈中帶幾分小家碧玉的嬌俏，筆畫少，字形簡單，讀起來像呼喚美人的小字，聽起來心情都舒坦多了。為了生活，洪芋頭在風季小月暫時擱下魚網，在廟前賣麵算得上能屈能伸。一賣成名從此不再打魚是捨筏登岸——禪家以為悟境詩家以為化境，王漁陽說的。

吃過度小月的擔仔麵，千禧年代的口味依然可口，雖總嫌份量太小，卻理解、欣賞「吃巧毋吃飽」的飲食哲學。人生究竟要追求「巧」還是追求「飽」？每個人都有權選擇面對人生小月的方法，大致上不違反道德又不影響別人的話，誰對誰錯就不容易說得準。當年洪芋頭在廟前賣麵本來就不需要懂得打魚：任何一個不懂打魚或懂得打魚的人都可以賣麵。說到底洪芋頭打魚也好賣麵也好，在一般人眼中只是小材小用，算不得浪費。旁人可以選擇光顧或不光顧，可以品評好吃不好吃，卻沒理由干預或非議他度過人生小月的方式。這是他要過的生活、要度的小月，與旁人無關。

多年前盛暑閒遊台北，與妻子在度小月的永康店吃擔仔麵，忽然想起了水仙宮內的屈原項羽伍子胥，想起過去多年夫妻共同度過的某些「小月」，蘸滿湯汁的麵條味道一下子複雜起來。

右行鼎泰豐

清代李斗在《揚州畫舫錄》談及名肆美點，有「二梅軒以灌湯包子得名」的記載；一九四八年十二月十二日上海《大眾夜報》上永香齋的廣告有「早點小籠湯包」「午點小籠饅頭」兩款點心的名稱。以上三種包點未知與小籠包是否「同包」，待考。

鼎泰豐小籠包的「黃金十八摺」究竟是巧手佈局還是商業符號？只要不是為了貪功求全或欺騙食客，任何標榜都可以接受。魯迅在〈再論雷峰塔的倒掉〉一文中提出「十景病」的概念，用以諷刺中國人貪功求全的心理。「十」是圓滿之數，中國人為了求全，生堆硬湊，往往把事情弄得又假又大又空，說到底只是湊數的遊戲。中國人對「十八」也充滿憧憬，覺得「十八」可以令很多人很多事產生巨大變化，「十八」也就充滿神秘力量。「女大十八變」，也許因為《傳燈錄》說龍女有十八變之故。武藝有「十八般」，夠厲害。地獄可以有「十八層」，夠深夠多。蔡文姬胡笳有「十八拍」，足以動人心魄。別說是羅漢有「十八位」，就是好漢也可以在「十八年」後再做一次、再闖一次江湖。至於小籠包上十八道摺紋或深或淺，都分佈平均，各道摺紋聚攏到頂端合撮在一起，小包子顯得更小巧、更精緻、更立體、更有張力。我絕對相信包點的外形或摺紋對口感味道有影響，且說廣東雲吞本應是圓頭散尾嬌嬌小小的，外形像會擺尾的金魚，才好吃。現在的雲吞大都變成結實的大肉球，塞滿了蝦肉豬肉又大又笨，像癌變腫瘤，難吃極了。鼎泰豐的小籠包要堅持的恐怕不只是「十八摺」，還要在體積上堅持「小」：切莫把包子弄成海碗碗口那麼大，更莫要煞有介事地在大包上插上吸管。更何況，吃湯包子跟喝湯是兩回事，以喝湯取代吃包在小籠包這回事上是偷換概念是本末倒置。

有些傳統味道確實需要堅持需要保留，別的不說，像台北永康街口的祖店，于右任手書的「鼎泰豐油行」牌匾傳統橫書左行我看得舒服。到了不賣食油而轉賣小籠包的年代，包子店只保留于老墨寶中「鼎泰豐」三字，還給裁改移拼成右行橫書，完全顛覆了原作取勢微微敧側的巧妙呼應與匠心佈局，剮割出來的三個字看起來一點都不像書法——反而更像個商標。香港客家菜老店「泉章居」的招牌也是于老的墨寶，三字橫排的話至今仍作左行。

一位茶樓前輩曾授我吃蒸點心的口訣——熱包凍餃。意思是蒸包子要趁熱吃才夠滋味，蒸餃子則恐燙熱的外皮易破，漏餡走味，因此要擱涼一下，才好下箸。包子、餃子基本區別在於前者是發酵麵皮後者是死麵皮，若據此標準說小籠包是「包」只能說句無可奈何，我主觀，總覺得小籠包是以

「包」為名以「餃」為實，因此該何時下箸，頗費周章。談到溫度，小籠包向來最迷人而又最欺人的，正是包子裏頭那口鮮甜甘腴但異常滾燙的肉汁：吃的時候一不小心齒頰舌頭都要遭殃，是帶點冒險的味道。當然，享受冒險又不惜犯險的食客則要「趁熱」，鄧正健就別有會心，在〈小籠包的汁與熱〉中提出吃小籠包的原因之一就是為了「燙傷舌頭」。這句話好像暗示談戀愛就是為了失戀或生存就是為了遇上挫折……。每次想起這個別具個性的特殊主張就特別回味。為怕湯汁燙口，有人建議蘸醋降溫我極不主張。也許個人對酸味有偏見，一旦呷醋味覺便大受干擾，胃口大倒。例如不少人吃大閘蟹愛加醋，我卻尊奉張岱「不加鹽醋而五味全者，為蚶，為河蟹」的說法為圭為臬，從來吃蟹吃雲吞麵吃魚翅或吃小籠包，為了味道也好為了溫度也好，都不沾醋。二〇二二年十一月，名導演是枝裕和與名編劇坂元裕二到台灣主講「金馬大師課」，二人趁空檔一起去吃鼎泰豐，餐後隨即公佈攜手推出新電影的好消息；前此，兩位高人在日本從未合作過。是次組合如此夢幻如此「神級」，一眾影迷都欣喜若狂。其實事緩則圓，道理本來簡單：讓剛端上來熱騰騰的小籠包略擱一下，先吃點別的東西以為緩兵之計——不急，自然成事。

猴硐色相

說猴硐以前有猴子、有山洞，俱往矣。今天到猴硐的遊客既不為看猴更不為探洞，為的是「賞貓」。

非愛貓人士很難理解為何「賞貓」可以是引人入勝的旅遊節目：自己家裏養三兩頭貓天天看個夠，不就行了嗎？事實卻似乎不行：到過外木山看日出，到過九份看日落——單說主觀感覺——就是跟自己睡房窗外的日出日落大不相同。我家裏也養貓，但在其他地方看到貓的話，還是會生起陣陣意外獲獎的喜悅與興奮。「貓呀！」類似的歡呼在旅途上來得突然，是投進寂寞湖泊的小石塊，輕輕逗引得起三數圈展顏與微笑。

在猴硐，一定會遇上截劫遊人目光的攔路貓：橫陳路心，目無餘子，更多的是半瞇着眼在打盹或冥想。遊人疼貓，都遷就，避路而行。如果你蹲下來逗牠，牠會肚腹朝天向你撒嬌。天氣大冷的話，猴硐的貓會在正午的冬陽下鬆鬆地豎起身上的毛，軟軟茸茸的遠看直是一個個貯熱的毛線球，甚麼顏色都有——「貓呀！」遊客會蹲下來跟各式毛線球合照。

早有愛貓者在網絡上呼籲到猴硐旅遊賞貓要恪守「不摸、不餵、不吵」的原則。說到底，所謂旅遊其實就是對某人某地某物作出某種干擾。跟猴硐一樣，世界上不同的地方不同的角落每天都遭受「被旅遊」的干擾。那些名勝、古蹟或景點，在經濟利益的前提下無奈地又無休止地「被旅遊」；具體來說就是被摸、被餵或被吵。

遊客到猴硐能文明地旅遊又自律地賞貓是最好不過，卻又恐某一天不知何人忽發奇想，把貓隻當成是旅遊配套或遊樂設施，胡亂放養，強迫繁殖。

貓，在台北猴硐也好、在意大利銀塔廣場也好、在伊斯坦堡也好，都可以是一道自然的生命風景，卻絕不應該是一幢人造的嘩眾佈景。遊客賞貓的喜悅可以來自意外的偶遇而非來自刻意的經營。令萬千遊客心醉嚮往的外木山晨曦與九份黃昏，任你多愛看，每天也頂多只能觀賞一次：一次日出、一次日落。

傍晚，深沉的暮色與慵懶的貓群漸次融合，在猴硐施施而行，靜悄悄地循着向晚的荒村老鎮橫街窄巷淌漫開去。這片暮色大概不是余光中〈蛛網〉妙喻裏的詭異蜘蛛，而是莫內《睡蓮》系列中的半抽象色塊，當中隱約皴染得出各色斑駁的毛皮：虎紋、豹點、梅花、笋斑、金絲、玳瑁……暮色四合，漸濃，這等色相卻怎樣也觸摸不到。遊客餵飼的熱情亦已稍稍降溫。踏上瑞三運煤橋，驀然回首，不遠處初上的疏落燈火已像渴睡貓的眼，在又稠又重的暮色中不甚通明，跟倦遊的意興一樣闌珊。

晚了，別吵，正是遊客都該離去的時候了：猴硐和貓都需要睡一睡。

九份老街與十分天燈

「九份」老街

《悲情城市》把九份山城拍得聲名鵲起，遊人好事，慕名到此一遊的越來越多。在這裏已想不起侯孝賢更想不起「悲情」二字，不為憑弔而只為趁熱鬧的遊人，一車一車的擠到老街來，買手信喝下午茶嘗地道小吃；日間的這場紛亂與喧囂，足以令每一個到九份作客的人忘卻山城的本來氣質。

當年遊台回港，自覺好事，竟又刻意地重看了一遍《悲情城市》，觀看時還不忘拿電影取景與現場實景一一「對號」。侯孝賢多事也實在有本事，鏡頭下捕捉得住山城最淒美而極具「古早味」的角度，朱天文編劇文藝情深，一往到底，略帶日本風的閩南話對白引出絲絲歷史感，點染悲情，觀眾都起共嗚。只是細心一想，這一切都可能不是山城的本來氣質。

藝術加工本來注定「失真」，鏡頭也好文字也好，表達出來的始終不會是真相，或者不會是真相的全部——九份老街又長又窄又迂迴，老街的兩旁全是店舖，招徠的燈箱、直幡、爐灶、樣本，無不越過店子的門檻，死命地向街心靠攏，老街顯得更窄更擁擠了。一堆堆逛街的路人像塞進香腸腸衣內的碎肉，半擠半推地前進着。兩旁傳來各色氣味，有烏龍茶的香味，有臭豆腐的異味，有果汁的花果香味，有熱熯餅餌的甜香味……賣魚丸的、賣芋圓的、賣果凍的、賣糖果的、賣小首飾的、賣紀念品的，都不曾高聲叫賣，反而遊客有點失控，吱吱喳喳的吵個不停。可幸老街位處高地，不時有風，偶爾一陣清風穿過長街，伴和着由店舖瀉溢出來的空調冷氣，把遊人的嘈雜聲音吹拂得淡了些，似夢囈而已。

「十分」天燈

台灣的「北天燈，南蜂炮」都帶點危險意味。蜂炮不消說，那根本是直接玩火藥，異常驚險。至於天燈，雖說掉下來會傷人也容易引起火災，但畢竟有點間接，最起碼在你點燃天燈下那顆煤油紙球時，你不會認為自己在引爆火藥。

跟放風箏一樣，在沒有遙控技術的年代，任何與巽風離火有關的升空玩意都受歡迎。韓信當年放風箏孔明當年放天燈，都屬於軍用技術，現在風箏和天燈都飄入了尋常百姓家，變成了民用玩意。太平從此銷兵甲，九里山前舊戰場上鏽折了的楚戈漢箭，都成了過路牧童的玩具了。當然，任何玩意任何事情一旦事涉環保或安全等考慮，就一定大殺風景。香港禁爆竹禁天燈有一定道理，但遊客明知危險，卻跑到別人的地方大放爆竹大放天燈，當中自然又多生一重「己所不欲勿施於人」的道德考量，一旦有了這重考量，就自然更殺風景了。

在十分放天燈，遊客一般會在燈上寫上個人願望或祝福字句，天燈順利升空的話，寫在上面的願望或祝福似乎就可以上達天聽，容易達成容易實現。遊客容許在鐵道上或月台兩旁放燈，途經的觀光小火車會減速遷就，遊客都給寵得揮手歡呼。為了遷就行程，遊客在光天化日之下也會放燈，這當然與晚間星燈明亮冉冉飄升的浪漫情景完全不同——雖然並不是那回事，但總算做過了。

「雖然並不是那回事，但總算做過了」，這種心態這種態度可以解決很多問題。搞旅遊搞觀光的人一定要深通並硬銷這種文化，只有這樣，遊客的要求才會給調節到「做過了」的最低點，雖然，做的並不是那回事，「但總算」

三個字把失望轉變成知足，試問又怎會有投訴。遊客們常在天燈上寫上「知足常樂」、「天下太平」等字句，且莫問這些老生常談陳腔濫調是否出自真心又是否可以實現——像喜愛寫作的人一樣：寫的雖然往往並不是那回事，但總算寫過了。還求些甚麼。

圖書館已沒有愛情故事

主要以木材搭建的台北市立北投圖書館，獲美國 Flavorwire.com 網站評為二十五座「全球最美公立圖書館」之一。此館外形像一艘大木船，大窗多，日間館內陽光處處。館內館外都鋪墊着褐黃而微帶油亮的木材，讓人覺得幾場春雨過後整座圖書館會漸次長出花葉來。

北投圖書館不是學術研究的寶藏秘府，而是閒暇閱覽的洞天福地。設計師、讀者或遊客卻總把此館的價值放在「環保」的標準上作考量；都說是綠色建築，又節能又減碳。館內的書架也多是木造的，木書架僅四尺多高，一列列整整齊齊，中間貫以阡陌；遠望就像一畦畦修剪合度的矮樹叢。在這裏，讀者不會生起書海沒頂的錯覺；站在高度僅及胸腹的書架前四顧無礙，一望空闊，視線可以在館內自由舒展、游移。

吾生有涯而知也無涯，矮書架存書多少不足為恨；恨只恨再無緣在高高的書架前，透過或疏或密的書縫，一瞥在書架另一邊正在尋書看書的意中人。那些年校園少女的傳統形象是文雅嫻靜愛閱讀，弗雷德的《圖書館的故事》中譯本十四章都沒有提及書架前的浪漫。我們這一輩人的戀愛荳芽夢，卻或多或少與圖書館有關。記憶中的書架又高又大，排滿了書：是一堵堵用書磚砌成的高牆。年輕書獃子偶然在書牆上挖下一兩塊磚頭，書牆的另一邊彷彿若有光：一瞥驚鴻倩影、一霎過隙白駒，都在這窄小的縫口一一溜過。也不知哪一位電影導演的煽情鏡頭首次捕捉得住這初開情竇的一霎，不強調黃金屋，卻情深款款地展現了書中的顏如玉；少年多情，一看，就感動了。

少年熱情泛濫不符感情環保的節能原則，情懷與人俱老想深一層也不是壞事。人老了最起碼對男歡女愛的事情看得淡薄些，如此則血壓可以平穩些呼吸可以暢順些思維可以冷靜些。年少時候的種種熱情和感動都漸次沉澱，雖然還存在，卻也沒有再被攪起的理由。忽發奇想本來要繼弗雷德的《圖書館的故事》續寫一部《圖書館的愛情故事》，但在名列「世界十大綠色建築」的北投圖書館內，一旦想到減排、減廢等環保原則，加上人已年過半百逼近耳順，總沒法子拿得出動筆的勇氣來。

想起薛先生

二〇一二年我寫《小字雙行》做了一點新嘗試，全書是一篇長散文另加傳統夾注，卻嚇跑了不少讀者，市場反應冷冷淡淡。翌年《文匯報》上一篇署名「興國」的文章卻談及我這部冷門書。「興國」細心，留意得到我在書中安排夾注的心思：「讀者可以單單閱讀大字版的文本，就興味盎然，如果閱讀時也看那些雙行小字，就把視野拓得更遠更闊，更多了幾層引發讀者聯想的空間。」

很高興有讀者撰文談論拙著的寫作特點，可是「興國」到底是誰當時卻沒有弄個明白。二〇一八年七月十日《信報》〈求真——讀《香如故》有感〉談及我編著的《香如故》，看文章署名「薛興國」我才猛然聯想到那位談論《小字雙行》的「興國」。薛先生談《香如故》不忘借題發揮：「看到傳聞，別急着散布開去，用求真的精神去梳理，鍥而不捨地追出真相，才是應為之事。」

與薛先生從未謀面但早聞大名。一位精於飲食、豪於喝酒、長於寫作的文人，不在魏晉的竹林中好好生活，卻生於一九四九年的香港，卻在一九六七年的台灣求學念化學工程，卻又在畢業後「用非所學」歷任出版社編輯及報社社長；與文字結緣一生都離不開編輯、寫作、翻譯、代筆、改寫。

可是「興國」就是「薛興國」嗎？原來「興國」在《文匯報》上寫的〈薛與薛〉已有答案：「我想起當年有電腦打字和列印時，我的薛字通常都會變成薜。」薛先生說坊間常常誤「薛」為「薜」他早已習慣，但我路見不平始終認為錯得太過分真的不能接受也不能原諒。雖然有些名字的亮點在「名」的部分如李師師、張傾城、談月色、謝无量、賈平凹，即使抹去姓氏都獨特而令人印象深刻；但有些名字的亮點卻是「姓」，一如興國、愛玲、偉民、麗珠；驟看平平無奇，唯其人倘若姓薛、姓張、姓鍾、姓韓，則完全給人另一種印象。

二〇二〇年一月十九日讀鄭明仁的〈懷念薛興國〉，一見「懷念」二字既心知不妙又不無錯愕；一月十六日我還在《信報》讀薛先生寫毛姆促銷著作的手段：「毛姆寫的廣告，是一則徵婚啟事，內容說一位百萬富翁公開尋找年輕女士為結婚對象，條件是她要具備毛姆小說中描述的品性。」如此一來讀者無論是慕財還是好奇，都買書，毛姆的書一下子就售罄了。薛先生謹慎，講完有趣軼事不忘補上「這則軼事到底有幾分真？自己不是毛姆專家，不敢肯定」；但他為古龍代筆續寫小說的文壇軼事則肯定千真萬確。薛先生曾問古龍為甚麼對他特別好——其實薛先生對古龍也特別好——古龍說：「是因為你那天在我家吃飯喝醉了，然後睡到第二天才走。」那天，薛先生在醉裏無意中蕩進了屬於古龍的那片魏晉竹林，大家都有才氣豪氣名士氣，酒逢知己自此惺惺相惜；二人交情好深厚。

薛先生當年為古龍續寫《鳳舞九天》筆下穿越古今，居然讓小說中的陸小鳳高歌黃霑名曲〈誓要入刀山〉有讀者罵他亂了套，我偏心為他解嘲：也許薛先生是要把古龍筆下的傳奇續寫得更傳奇，那正是毛姆售書的策略，所利用者無非廣大讀者的好奇心。其實薛先生、古龍和陸小鳳，或虛或實，都是到「現代」闖蕩的古人；如今退出江湖，都各自回到屬於自己的時空國度裏喝酒納福了。

曾經滄海作詩人

一六五〇年吳問卿彌留之時大概是要讓名畫殉葬，決定焚掉《富春山居圖》，幸得吳家姪兒搶救，可惜長長的畫卷已給燒剩兩截。卷首殘段後來經吳湖帆收藏，現庋藏於浙江省博物館；這殘段就是《剩山圖》。長卷後段則曾進過內府，一九四八年渡海，藏於台北的故宮博物院；這六紙長卷就是《無用師卷》。

好幾年前正好迷上了周棄子，埋首讀他的《未埋庵短書》和《周棄子先生集》，又陸續讀到董橋談周棄子的文章，春台舊事餘韻無窮，令人神往之餘，一廂情願，總覺得周棄子赴台後的詩文與《無用師卷》一樣：曾經滄海，不滅風華。

六十年代由「台北文星」出版的《未埋庵短書》，誠如周棄子在〈自序〉中說，書中的四十篇散文「全是來台灣後所寫」；他渡海前的散文，讀者無由得見。二〇〇九年大陸學者汪茂榮點校出版的《周棄子先生集》由合肥黃山書社出版，列入「二十世紀詩詞名家別集叢書」系列中，內容卻還是跟台北許著先編的「合志版」一樣，以周氏渡海後的作品為主；至於書中收錄渡海前的作品，為數不多。

周棄子渡海後的作品固然日趨成熟渾化，但渡海前的作品卻絕非一般可悔之少作，實在值得研究者重視。李晉芳在〈《周棄子先生集》序〉中說：「先生系出清門，生饒彩筆。陸雲未冠，秀出班行；石苞無雙，奇標懷抱。既擅詩歌，亦工語體。」可見他早年即文采飛揚。又證諸王開節在〈周棄子先生行狀〉的說法：「先生秉性穎悟，髫齡能屬文，下筆驚其長老。」可知他才名早播，年少時即吐屬霞彩，才驚四座。獨惜其年少時期至其渡海前的作品，散落各處，難以編匯成集。為了更全面地了解周棄子的創作風貌與成就，我着手翻查上世紀五十年代前的多種報章刊物，嘗試蒐集周棄子渡海前的作品，結果在十餘種刊物中初步找到周氏的早期作品百餘篇，有詩有詞有文，體裁多樣，內容上可視為《周棄子先生集》《未埋庵短書》的「前編」。

《艤舟集》就是周棄子渡海前詩文的合輯，稿成後在尋求出版的過程中幾經轉折，得黎耀強先生幫忙，交由香港中華書局出版。《艤舟集》小書一冊，正文三卷依次為：詩八十八首、詞十九首、文八篇。另第四卷附錄若干同代藝盟詩友致周氏的詩文，並迻錄數則采輯自《大成》的悼念文字，相信附錄中這幾種有份量而較少人提及的材料，可以讓讀者更全面地了解周棄子的作品、生平、思想及為人。

搜集材料的過程中，我在〈談新名詞入詩〉讀到一條有關周氏舊體詩的線索，他在文中有這樣的回憶：

記得是民國二十四五年之間，我作過八首古風，題目是「今行路難」，第一首起四句「醉君以葡萄香檳之美酒，瀹君以咖啡酪乳之苦茶。伴君以狐步探戈之妙舞，媚君以袒胸裼股之淫娃。」

「民國二十四五年之間」正好是渡海前，我據周氏這段回憶中的四個斷句展開搜尋，終於在一九三六年的《國聞週報》上找到整輯「今行路難」，而亦同時意外地發現，這八首古風的作者署名並不是「周棄子」，而是「鄒待清」。眾所周知，周氏原名「學藩」，別字「棄子」，別署「藥廬」。再細看《未埋庵短書》，可知他渡海後曾別署「貶齋」、「孫草」、「司徒豹」、「立遜居士」及「柴荊」。至於渡海前曾別署「鄒待清」，則前未有聞。是次又意外又間接地發現周氏渡海前鮮為人知的「別署」，實在是搜尋材料過程中最令人興奮的事。我根據周氏這個鮮為人知的「別署」，確認一九三五年《聯華畫報》上署名「周待清」的〈尋阮玲玉墓〉以及一九三六年《逸經》上署名「鄒待清」的廿二則隨筆，都是周棄子的作品。至於個人認為最重要的收穫，就是發現了周棄子的一首新詩。

王開節〈周棄子先生行狀〉說周氏「少時習為新詩」，「新詩」兩字引起我極大的興趣。周棄子以舊體詩聞名於世，新詩也許非其所長，但無論在「獵奇」、「補遺」或「研究」上，他的新詩都應得到重視；當然，這想法，也許都應算是「個人積習」使然。我在二〇〇二年完成的博士論文，研究重點就是現代（一九一九年至一九四九年）新詩作家的舊體詩。指導教授鄺健行老師當年鼓勵我在這方面做研究，理由是新詩作家寫舊體詩必有可觀、可評或可論之空間，反之亦然。因此當我知道周氏年少時曾寫過新詩後，那十多年前的「研究積習」忽然又再發作：上窮碧落下極黃泉，誓要找到周氏的「新詩少作」。

只是在茫茫書海中，要找幾首新詩真如海底撈針，實在不知該從何處着手。幸好周氏在《未埋庵短書》的〈讀《盲戀》〉「後記」中留下了重要的提示。他在「後記」中說，上世紀三十年代在上海認識徐訏，還說那時正熱衷於寫新詩，有作品發表在徐訏主編的《天地人》半月刊上。我按着這條回憶線索着手查找，在雜誌上卻找不到他的新詩。後來我再據「鄒待清」這個「別署」，重新翻檢《天地人》，終於在一九三六年的雜誌上找到一首署名「鄒待清」的新詩——〈懷〉，周氏早年的新詩作品，乃得以重現。

這首寫於一九三五年、發表於一九三六年的〈懷〉，是個人目前能找到的唯一一首周棄子的新詩。周氏既自謂早年熱衷於寫新詩，看來發表在報章雜誌上的新詩應該不少，這些尚未「出土」的作品，尚待研究者細心考掘。至於這首在一九三五年歲末寫於杭州的新詩，十四行短章純以白話寫成，卻尚有絲絲古典氣息，如「在白堤的驢背上」就很有詩人「細雨騎驢入劍門」的傳統意味。周氏當時在杭州，詩句中的「白堤」既寫實又別具古典氣氛。「陌生而親切」、「詩人們不懂的詩」以及「詼諧中的憂鬱」，都在在表現出複雜、模稜而多變的意思。詩中那位「陌生的人」也許是真有其人，但也可能是指「繆思」：

〈懷〉

撇開了幾多陳舊的記憶；
這陌生的人，
招致了我深深的懷想：
在白堤的驢背上，
在客棧的火爐旁，
茫然的沉思中——
每浮起一個陌生而親切的影像。
說是懷人與感舊吧？
不；這未免太「託熟」了，
我們原是陌生的。

從甚麼時候起；
你寫出那些詩人們不懂的詩？
一點詼諧中的憂鬱，
而留給我一顆相思的種子！

唐代鄭綮曾說「詩思在灞橋風雪中，驢子背上」；宋代陸游曾說「此身合是詩人未，細雨騎驢入劍門」；民國詩僧蘇曼殊說「獨有傷心驢背客，暮煙疏雨過閶門」；周氏也曾說「一世孤愁幾輩知，排山氣盡但餘詩。短衣射虎成滋味，淒絕騎驢入劍時」——再看「在白堤的驢背上」「在客棧的火爐旁」兩句，說詩人「懷」的是「繆思」，或不免穿鑿，卻又不無道理。

「新」與「舊」本來就是相對的概念，而詩歌之新舊，更不能單憑形相或語言就可以講得清楚。七十年代，周棄子為周夢蝶的新詩詩集《還魂草》寫序，兩位周詩人其實是老朋友，渡海後一個專注於古典詩，一個專注於新詩；都成家，都成名。周棄子最終為周夢蝶的新詩詩集題了一首七言律詩，權代序言：

列市塵紛萬蟻馳，冷攤兀坐一人畸。長貧不礙般求友，太瘦真憐苦作詩。尚想蝶魂歸覓我，曾聞豹語死留皮。萍蓬飄散余張等，便欲因君訊所之。

攤冷人畸，真是知音人語。長貧太瘦，是還魂的夢蝶抑或是未埋的棄子？都似乎適用。題詩雖是舊體，但卻句句寫眼前人事情景，完全不是託舊的假古董。當年武昌街正是「列市塵紛萬蟻馳」，明星咖啡廳門外騎樓下的小書攤前，每天都有詩人騎驢經過。枯坐書攤前的店主也是詩人，午夢方酣，不時有陌生而熟悉的「繆思」翩然入夢——他日倘有緣讀到周夢蝶的舊體詩就好了。

二〇一一年六月海峽兩岸都願意玉成合璧聯展的美事，終於敲定在台北的故宮博物院同時展出《剩山圖》和《無用師卷》。黃公望《富春山居圖》的兩段真跡在火劫後首次重逢，一時傳為藝壇佳話。我把二〇一八年出版的《艤舟集》放在《未埋庵短書》和《周棄子先生集》之前——由渡海前到渡海後——三本書的詩情文意牽繫得起黃公望筆下富春山水的連綿氣韻與聚散傳奇，神往之餘，一廂情願，總覺得《艤舟集》收錄的渡海前作品，與《剩山圖》一樣：可以傳世，而且會得到知音讀者的重視。

還珠與離散

《新安縣志》說「媚川都在城南大步海，南漢時採珠於此」。大埔古稱「媚川都」，採珠業曾盛極一時；大步海就是今天的吐露港，相傳曾是蚌集珠聚之處。我家不遠處就是與吐露港相接的沙田海，晚飯後我偶爾到瀕海的長廊散步，只見微浪隱隱起伏，當年南漢駐兵採珠的底氣隱約仍在，珠涵水媚，夜色中的水波絕不洶湧，波紋縷縷彷彿畫眉留痕，都由一頓再衍描開去，繼而向左或向右柔柔舒展，又輕又淡：不須回眸一笑，百媚都生。葉靈鳳〈大埔的珠池〉說南漢王劉鋹從海門鎮招募三千人到大埔採珠，因為風浪險惡，溺死者甚眾；當又是藏在珠光背後的慘酷事實——因為珠光奪目，人們自然不容易看到這些歷史真相。

說香港是「東方之珠」已是一語成讖。喜歡真珠的心態，跟喜歡纏足或病梅，頗為相似——都是以戕害天性、病態扭曲為貴。說真珠名貴，相信是一場美麗的誤會。以蚌珠為例：當有異物進入蚌的外套膜內，蚌便會分泌碳酸鈣和蛋白質一層層地包覆異物，久之，這東西便成了人們眼中的真珠。《淮南子》說「明月之珠，蜷（蚌）之病而我之利」，正是成語「蚌病成珠」的出處，可見古人是知道事實真相的。不過，在「美麗的誤會」中，人們大都因其「美麗」而不再斤斤計較那些背後的殘酷病歷，選擇繼續「誤會」下去。

個人從不認為「東方之珠」是香港的美稱——如果作為喻體的「珠」是「真珠」，其實一點都不美；客觀上講那該是蚌體發生了非常嚴重的組織畸變。一個地方要病得多嚴重多纏綿，才可以在長期求死不能的折磨中不停地抗病？這場折磨又到底要持續多久，才可以把病灶養得成耀人眼目的所謂真珠？蚌病成珠，只屬於自然而帶點無奈的抗病結果，絕對不是努力的成果或驕人的成就。更何況，真珠的華光主要來自文石，時間一長，這種礦物就會變成另一種礦物方解石，真珠便因而失去光澤；以「珠黃」喻「人老」，就是這個意思。名曲〈東方之珠〉「每一滴淚珠彷彿都說出你的尊嚴」；是淚珠，不是真珠：是香港罹患重病時所展示的最後尊嚴。古書記載鮫人泣珠的傳說雖然不合常理又違反科學，卻意外地道出了「珠」與「淚」之間最深刻、最真實、最深情又最傳統的連繫。所謂「東方之珠」的說法，還其本原，畢竟是淚。

都說「合浦還珠」，以「珠」代「蚌」業已約定俗成，「還珠」其實應是「還蚌」，只是官民上下一心要搞活經濟，眼中當然只看到「珠」。《後漢書》說孟嘗是個愛民的好官，有政績：「嘗到官，革易前敝，求民病利，曾未踰歲，去珠復還，百姓皆反其業。」行文隱約地把好官與還珠放在因果框架中。《天工開物》畢竟是綜合性的科學技術著作，能夠撥開璨璨珠光，梳理得出傳統歷史書寫中的真正因果關係：「經數十年不採，則蚌乃安其身，繁其子孫而廣孕寶質。所謂『珠徙珠還』，此煞定死譜，非真有清官感召也。」宋應星不愧是「中國的狄德羅」，「珠徙珠還」只是休漁保育的結果，自然與「清官感召」無關；說得真好。

滄海之涯、月明之夜，南天一角那閃閃爍爍的，不是珠光，是瑩瑩的淚光。香港人的命運合該如此。明珠倏忽一現華光耀眼，所謂「國際大都會」或「經貿中心樞紐」，都虛妄。近年接二連三有親友離港，決定匆匆，道別匆匆，話不多，只憑心照：「明白，明白。」與我年紀相若的親友，老實說，非迫不得已不會辭掉穩定的工作移居到一個完全陌生的地方重新學習重新適應。更何況，大都挈婦將雛，不無狼狽。千禧年代電子通訊方式既多效果也好，一線聯通思接萬里，屏幕亮處彼此音容都在；即使與親友異地分隔，在「思念」這回事上並不見得令人太痛苦。令人痛苦的倒是冷冷寂寂的「失落感」——都散了，還有甚麼意思？白居易說「辭根散作九秋蓬」最到位，「散」字點睛：一個群體的離散，箇中感覺並不只是「不能再在一起」，而是「不再完整」。

當然，誰都可以誇誇其談，說人生有聚必有散。對，道理本來簡單，就連《紅樓夢》裏頭一個小丫鬟都知道：「千里搭長棚，沒有個不散的筵席，誰守一輩子呢？不過三年五載，各人幹各人的去了，那時誰還管誰呢？」講得老氣橫秋頭頭是道，刪去「小紅」二字，這段話其實可以任意移植給呂洞賓，給達摩，給老子，給甘地，給馬丁路德金……。問題是，當「各人幹各人的去了」；各人，是不是真的可以無動於中？人生宴席上不論吃的是開眉粥或愁眉飯，大家本來都是相聚相守的，今天席上忽然有人心事重重，淡淡然說有要事先走了，接着一個個都漸次拱手告辭，剩下來的幾個也不知是主是客，面面相覷，意興闌珊。茶，都冷了；菜，都涼了。偏有極端樂觀得瀕近失智的人，以為任何人離開都會有人補上：「有人辭官歸故里，有人乘夜趕科場。」工作崗位當然可以找任何一個人補上，但感情的宴席卻是以感情為基礎的，不是誰都可以佔坐、誰都可以替補的流水席。

把此地看成是辦公室或工廠的人，永遠認為沒有誰都可以。在這些人眼中，管治任何地方都只是人力資源管理的問題，地方上所有人都只是工具，像板鉗或螺絲起子，丟一個換一個，沒有所謂可惜不可惜的、感情不感情的。只有真心真意把香港看成是「家」的人，才會把這裏的人看成是家人：現在家都散了，還逞甚麼強？還誇甚麼大口？

人生中可貴又可愛的其實不是勘破而是執着。執着無疑是捨易取難是自討苦吃，但，愛一個人或者愛一個地方，卻應如此。別看寶玉傻兮兮的，他何嘗不明聚散之理：「等我化成一股輕煙，風一吹就散了的時候兒，你們也管不得我，我也顧不得你們了。」只是頑石通靈卻依然選擇執着，始終想方設法憐取每一個眼前人珍惜每一件眼前事，那怕聚散無常，卻仍然知其不可為而為——寶玉還說明兒怎麼收拾房子、怎麼做衣裳；倒像有幾百年熬煎似的。

蔓莉與莫愁

敕勒川，陰山下，
天似穹廬，籠蓋四野。
天蒼蒼，野茫茫，
風吹草低見牛羊。

——〈敕勒歌〉

天蒼蒼，野茫茫，塞外長風過處，墓碑前芊芊宿草微偃，碑上卻只恰恰現出「艹」字頭與下面的「日」字：可能是「蔓」字，也可能是「莫」字。是「蔓莉」還是「莫愁」？不管是哪一個名字，都堪憑弔。

一

依樣的青天　依樣的平原　只是少了你
蔓莉你在日本強盜瘋狂之下死哩
我很傷心　不能使你同我們生活在一起
只有拿起槍立誓把我的罪惡贖呢

——王洛賓

一九四一年《新西北》上刊登了幾首「洛賓」創作的蒙古民歌，「洛賓」就是民族音樂名家王洛賓。雜誌上一首C調的蒙古情歌〈蔓莉〉最哀怨動人。就這麼短短一闋，草原悲歌唱得直接，明言「我很傷心」完全不假雕飾，率直、真誠。正是日本侵華的艱難歲月，蔓莉姑娘死了，情郎一邊拿起槍一邊唱着這歌，說要報復或說要贖罪，都只不過是戰火下倖存者的哀痛隱喻而已。蔓莉在「日本強盜瘋狂之下」死去究竟是怎樣的一回事？是歷史也好是傳聞也好，講的都是美好的殞落、團聚的破落。這是殘酷戰爭下的典型哀嘆，「蔓莉」兩字一喊出口就帶點歇斯底里的乾澀與嘶啞，在任何一個世代呼喊「蔓莉」都讓人感到淒美。蒙古民歌風格樸樸實實，一點都不造作，卻能把「生活在一起」的簡單願望唱成了人生中不可實現的奢望。一九四二年的《西北論衡》刊登的〈曼莉〉唱詞去掉了「蔓」字上的「艹」字頭，歌詞中的「依樣」改訂為「一樣」，唱詞表達的仍是依樣的國仇一樣的家恨。

二

依樣的青天　依樣的平原　只是少了你

蔓莉你怎麼這樣年紀青青的就死去
我很傷心　不能和你生活在一起
只有等候我死後我們埋葬在一起

一九四八年上海《婦女》刊登的唱詞隱沒了蔓莉的死因。新唱詞向「愛情」的方向發展，反而刻意地補述蔓莉「年紀青青」講的也不知是否事實。若結合早年王洛賓的版本來看，年紀輕輕的蔓莉死在日本強盜瘋狂之下，則叫人更加心痛。唱詞又把情郎的贖罪心聲改換成對合葬的期盼。畢竟是光復後的昇平歲月，這一年，紅遍上海的張露唱的已是〈淑女窈窕〉和〈你真美麗〉，《婦女》把當年蔓莉的悲歌記錄得隱晦些又婉約些，只交代結果卻不忍心追溯原因了——且任英雄氣短，圖個兒女情長。

我們的過去　我們的情意　怎麼能忘記
蔓莉怎麼你這樣忍心靜靜的就離去
我很傷心　從今以後不能見到你
只有留下的情景使我時常在回憶　蔓莉

美麗的青山　美麗的綠水　只有我和你
蔓莉可記得我們時常快樂的在一起
我很傷心　今天我們永遠就別離
只有希望在夢中時常能夠看見你　蔓莉
依樣的青天　依樣的平原　只是少了你
蔓莉怎麼你這樣年紀輕輕的就死去

我很傷心　不能和你生活在一起
只有等待我死後我們埋葬在一起　蔓莉

——黃霜仁

呼喊「蔓莉」的聲音由塞外傳到上海，又由上海傳到馬來西亞的檳城。檳城鍾靈中學的黃霜仁老師約在上世紀五十年代為〈蔓莉〉加寫了兩段唱詞，鋪排的章法是先說蔓莉「靜靜的就離去」，再說「永遠就別離」，第三段才道出「死去」的事實。黃老師把蔓莉的死訊厚葬在兩疊情深款款的新詞之下，歌手黃清元則在新加坡獨立的那一年唱紅了黃老師筆下這三疊死別陽關，歌台上下爭相傳唱——蔓莉……蔓莉……蔓莉——五十年後七十歲的黃清元仍然在唱〈蔓莉〉，接受新加坡《聯合早報》訪問一談就談到這首唱了整整半世紀的名曲：「聽說這首歌的第三段原本是中國民歌，有一名檳城華文老師因為女友蔓莉過世，為紀念她而寫了歌曲的前兩段。我在新馬唱紅了〈蔓莉〉，算是代表了事業的高峰，也讓我養大了孩子。」星洲歌手西門魯尼（Simon Junior）最擅長唱黃清元的名曲，黑膠唱片以「MAN-LEE」為名，英語版本唱詞譯得與原曲不即不離，Maurice Patton and The Melodians音樂伴奏又懷舊又幽怨，西門的聲腔極具藍調風味，英文唱詞「Please understand that I'll be there with you」竟然不經意地唱出了周棄子〈延平紀事〉字裏行間的難言韻味與匆匆期約——霓虹燈暈臉爭紅，相對分明夢寐中。滴淚咖啡成苦水，吞聲爵士挾酸風。難齊端有華年感，不悔將毋宿命同。終是一生惆悵事，等閒期約太匆匆。——呼喊蔓莉的歌聲在上世紀的六十年代後期由星馬傳到台灣，「寶島歌王」謝雷用雄渾的聲線帶着那微微顫抖的共鳴聲腔在台灣歌壇上為蔓莉招魂，唱的還是黃老師那個三疊版本。

當年塞外的反日吶喊在三十年後已然蛻變成戀人死別的叮嚀，怪只怪檳城的黃老師補寫唱詞時下筆用情太深，聽眾都不計較蔓莉的真正死因了。殘酷而真實的歷史片段給鑲嵌到浪漫的框架去，蔓莉的遺容頓時變得更安詳、更年輕。

看〈蔓莉〉的唱詞，順理成章該由男士主唱，奇怪的卻是女歌手也唱。收錄在《心聲弦韻》唱片中的〈蔓莉〉，素有「抒情歌后」之稱的崔萍小姐就只唱黃老師補寫的那兩疊並微調了小量歌詞；是只要生離不要死別的選擇。黛玲、姚蘇蓉、孫一華、柯依雯、龍飄飄、林必媜幾位女歌手都在不同年代唱過〈蔓莉〉。男曲女唱不讓黃清元、謝雷專美。

三

蔓莉雅若詩　俏若畫　美若花
蔓莉天真　蔓莉嬌憨　未會說情話
蔓莉好學　又勤又奮　春心宛似初夏
氣派清高　舉止雅潔　深得眾稱頌　校花

——陳寶珠唱詞

蔓莉你在東　抑你在西　我未知
十步一呼　十步一叫　喚妹你名字
海邊晝望　橋頭夜駐　始終不見不遇
到過荒山　到過野嶺　一訪再一問　蔓莉

——呂奇唱詞

一九六八年呂奇自編自導自演粵語電影《蔓莉蔓莉我愛你》，電影在星馬取景，頗得蕉風椰雨之趣。陳寶珠飾演蔓莉用粵語唱舊曲新詞，劇中又美麗又聰慧的女學生蔓莉與當年塞外早逝的蔓莉只是名字相同，新唱詞雖都是濫調陳腔抽象概念實在襯不起「蔓莉」，卻因借用了動人的舊旋律和動人的舊芳名而讓人生起大喊「蔓莉」的衝動。男主角呂奇在戲中也曾借用這舊旋律高呼「蔓莉」，唱的不是死生契闊而是秋水伊人在水一方的現代版本。唱粵語一樣演繹得出蒙古老舊經典旋律的活潑與跌宕，唱至「不見不遇」的「遇」字已是盤到了低谷盡處，「到過荒山」一句音調陡地拔高，這鮮明對比最宜用來表達上窮碧落下極黃泉、兩處茫茫皆不見的徬徨心態。同年，朱江（Solo Chu）用馬來語灌錄了馬來版的〈Harapan Hati Kaseh〉我一句唱詞都聽不懂，雖屬全新編曲，但那段由低轉高的鮮明旋律，跟早一年女歌手 Kartina Dahari 的馬來語版本一樣，都讓人感到親切，依樣扣人心弦。

四

……

蔓莉你未知哥意若癡　有誰知
舊日相親　舊日相愛　你莫非作惱後事
蔓莉應記住　從前共你　鴛鴦江邊作居住
我倆相依　癡心句語　生死葬一穴

原籍馬來西亞的歌手鄭錦昌以粵曲小調腔口唱的〈蔓莉蔓莉我愛你〉是在陳寶珠、呂奇所唱的兩疊後再新加第三疊：埋怨蔓莉忘情並重提往日情事，回憶與愛侶共賦同居的日子居然牽扯到鴛鴦江畔去。可聽眾也不必太認真計較，唱詞大概並非實指桂江與潯江匯流而成的鴛鴦江，而可能只是貪圖「鴛鴦」兩字雙宿雙棲的纏綿氣息而已。鄭錦昌慣唱〈禪院鐘聲〉、〈唐山大兄〉，可以幽怨可以雄壯，唱情深款款的〈蔓莉蔓莉我愛你〉吐納得法字正腔圓節拍穩準，行腔非常老練。把唱詞即興唱成「蔓莉你未知哥意若癡『唉』有誰知『呢』」，聽起來滿有半說半唱的味道，若說唱腔帶點土氣或江湖味，也是事實。

……

我們的戀愛　我們的情意　有誰能相比
蔓莉我永遠愛你今後再也不離開你

同心合力快把幸福家庭來建起
水中鴛鴦雙雙游林中鳥兒雙比翼　蔓莉

——程明唱詞

美麗的青山　美麗的綠水　只有我和你
偉義我是屬於對你心不變情不移
地老天荒生生死死永遠在一起
生不同時死同穴蔓莉永遠愛偉義　偉義

——梁萍唱詞

一九六八年梁萍和程明合唱的〈蔓莉復活〉把「蔓莉」的悲劇續寫成大團圓結局，新加上的唱詞有說白有唱段，二人把獨唱曲演繹成對唱歌劇的模樣。這支長約九分鐘的合唱新曲詳細交代了蔓莉裝死以避權貴逼婚的新情節，到墳前哭祭終於與愛侶重逢的癡心漢原來名喚「偉義」。文藝領域向來都接受不同形式的「還魂」或「復活」，這些超現實情節從來沒有誰會質疑，流傳千古的浪漫故事向來不強調「理」而只重視「情」。〈蔓莉復活〉唱的不是張倩女回生不是杜麗娘還陽，為原曲續上的卻是半陳半舊的「現實」情節，一點都不浪漫，一點都不動人。續貂的部分說北山黃家惡少對蔓莉先調戲後逼嫁，蔓莉本來心有所屬，不慕富貴不貪新歡一心裝死避婚，終於等到情郎回來二人墓前相認；有情人終成美眷彌補了情天缺陷卻引不起聽眾的共鳴。此曲流傳不廣，我翻舊材料時偶然在八十年代的星洲《聯合晚報》讀到程章烺寫的〈梁萍不該使蔓莉復活〉才知道有這麼的一首「改編曲」。程章烺說〈蔓莉復活〉是投機取巧之作，還批評梁萍唱功差勁醜化了眾人心中的蔓莉，讓「死去的蔓莉含冤莫辯」是直把歌者當成罪人了。

五

莫愁在何處，莫愁石城西。
艇子打兩槳，催送莫愁來。
——臧質〈莫愁樂〉

不同的年代、不同的語言、不同的唱詞、不同的編曲，演繹了蔓莉的不同故事。始終不變的也許只有「蔓莉」這個惹人關注又惹人憐惜的名字。「蔓莉」的遭遇大概跟古典文獻裏的「莫愁」相似。湖北鍾祥石城的莫愁千古文人都憐惜都愛護。南朝臧質的〈莫愁樂〉四個五言句子居然重複了三次「莫愁」，像空谷裏的嫋嫋回音，令後人印象加倍深刻。晚唐李義山加一句「如何四紀為天子，不及盧家有莫愁」更把莫愁的名字喊上了文學典故的最高音階。周邦彥在〈金陵懷古〉中說「莫愁艇子曾繫」不靠譜，誤把莫愁在湖北石城的祖籍移作金陵石頭城，一經這文學上朝吳暮楚的嫁接與遷移，有關莫愁的故事就更恣無忌憚地越傳越見千奇百怪：時而才女時而丫鬟又時而善終時而慘死。但無論如何，文學想像中的莫愁在哪一個年代都跟陳寶珠飾演的蔓莉極為相似，都應該「雅若詩、俏若畫、美若花」。任何故事任何情節，只要牽繫得上這個象徵才貌雙全的名字，都特別惹人注意。連南京家用電器一廠一九八一年生產的洗衣機、江蘇省婦聯主辦創刊於一九八五年的綜合文化期刊，都語帶雙關地喚作「莫愁」。「非物質文化遺產」是人類通過民族民間口述身授、世代相傳的無形文化遺產，「蔓莉」和「莫愁」兩個非物質文化概念都應該名列其中——任何時代的蔓莉或莫愁都令人有挺身相護的衝動，也許這兩個名字都能透析或折射出種種人所渴求的美善：誰都不忍見這種美善幻滅、消失或破損。

〈莫愁古渡〉：「如何一歌女，名遠數千秋。多少英雄士，冥冥土一丘。」倘若不看詩題，根本無法知道詠古渡頭的作者原來在吃莫愁的乾醋，連莫愁的芳名都不願在詩中提一下，只強調「一歌女」下筆也未免太涼薄太小家子氣。該作者如果知道他代抱不平的那些「英雄士」的名氣日後還要輸給在塞外早逝的「蔓莉」，甚至要輸給現當代的一介草民「陳小明」或「陳大文」，就會明白一個人能否「名遠數千秋」絕非主觀意願可以干預。詩中的無端醋意倒令我相信蔓莉或莫愁的故事還會一代一代地流傳下去，不管流傳的故事是悲是喜又是真是假，只要用心譜入歌詞再用心演繹，無論多少疊都唱不厭，也聽不厭。

過路與拂石

讀書會上聽作者細談舊作中一隻只想過路的貓。那是許多年前在香港馬路上被輾死的貓：內臟都外露出來，只是頭部完好，眼睛還沒有合上。

無巧不成話，讀書會舉行的那一天，台灣當局很人道地讓一批數以百計未經檢疫的走私貓隻死得安安樂樂；又讀書會翌日，一輛計程車在大埔鬧市越線超車後失控撞向路中心的安全島，一群只想過路的人登時非死即傷。

人生最大的遺憾不是「壯志未酬」也不是「宏願未竟」——試問何來那麼多壯志與宏願——未酬或未竟，往往只是人生中最卑微但又必要的「過路」。無論是主動或被動，人和貓，都只是過路，而已。可是，卑微的願望簡單的過程，卻總有種種出於無意刻意惡意或聲稱為善意的阻攔、衝擊或坑害，橫生的事故不管是「意外」是「處決」是「毀滅」是「撲殺」是「人道」還是「安樂」，人或貓就從此躺臥在路中央，永永遠遠都無法到達彼處。

成王敗寇與風虎雲龍大可交給歷史書寫，只想過路的販夫走卒或流浪貓癩皮狗則何妨交給文學。每一位作者都應相信文學有這點本事有這點責任：字裏行間要好好收藏或細細記錄那些關乎受屈、被害或枉死的人和事。有了文字有了作者有了文學，微塵眾生及其遭遇才不容易被遺忘。微塵眾生還應包括有情眾生與無情眾生，那怕只是一位普通市民一隻非名種貓乃至一塊不懂點頭的頑石又或一朵自巖縫擠出來的小野花……，在記憶或時間的洪流中都有存在價值。

佛經演述時間概念異常誇張，設喻中一塵一芥都極盡微末卑小之能事，卻盡是漫長歲月的重要見證；大劫五喻尤以「拂石喻」最不可思議：「譬如一石，廣二由旬，厚半由旬，兜率天每隔百年以六銖衣拂石一遍，拂盡此石，乃為一劫。」「二由旬」大約是一頭公牛走兩天的距離，而人間四百年只能換算成兜率天的一晝夜。那是說：人間每隔四萬年，天神才以重不過十三克的薄衣輕拂一塊二十餘公里闊約四公里厚的巨石；在「拂盡此石」之前，人間又到底有多少過路的微塵眾生要給寫到文學作品裏去？

如果六銖衣和巨石隱喻的是筆和紙，兜率天的「拂石」儘可以詮釋為人世間的「寫作」。劫波度盡，巨石或果有拂盡之時，但文學作品又可有寫盡的一天？

很難說，只緣作者其實同樣是過路的微塵眾生，在某個特定的時空或國度裏，即使必恭必敬又誠惶誠恐地嚴格遵守一切道路使用者守則，卻總會無端遇上種種橫生的事故而倒臥路中央——永永遠遠都無法到達彼處。

後記：寫作備忘

〈笨蛋〉是包含「三大窠臼」的小品文。「三大窠臼」者，母親、往事、說教。作者把隱藏在背後的信息都說明清楚，未必是壞事。文無成法，暗示有暗示的好處，說明也該有說明的好處。我在〈笨蛋〉中刻意寫母親談往事且不避說教，採用最傳統最平實的寫法，處理最傳統最平實的題材。雖然如此，我還是不停提醒自己：不要把文章寫成範文教材的模樣。

寫得較出格的要算是〈蔓莉與莫愁〉。文章以一首老歌貫穿起不同年代和不同地域。本來有意寫成一篇萬餘字的散文，但最終寫到約四千字便覺意盡，只好擱筆。寫文章總有不由人之處，作者不可能控制一切。信筆所之，有時該停便要停。預計，是一件事；能否完全做得到，又是另一回事。

正如〈猴硐色相〉，下筆時預設的本來是傳統遊記的格局，怎知動筆後迷離斑駁的意象紛至沓來，思緒有點不受控，終於越寫越深，成品竟完全是另一回事。是意外，更是意外驚喜。這種類似「扶乩」的創作經歷不可多得，過程中滿有不易言傳的神秘元素，類似經歷大概可以用「神來之筆」四字概括。

〈平常心觀燈看月〉、〈秋至說江廚〉、〈曾經滄海作詩人〉和〈蔓莉與莫愁〉，都算是寫在「散文邊界」上的作品；意思是：並非廣大讀者心目中的典型散文。而〈肉乾啟示〉略涉小說筆法，當中有若干虛構成分；同樣逼近散文的「邊界」。

寫了近三十年散文，累積下來的看法或片段，有時會在「自我引用」中成為新作品的「典故」。例如〈無錯不成愛〉〈可不可以〉兩篇新作，可分別與舊作〈哀綠的綺思〉（見《黑白丹青》）〈大雅之堂也有廁所〉（見《梅花帳》）對讀。只因太固執某些看法，太難忘某些片段。

本書二十六道文章題目中，竟有四道是「某某與某某」的格式：〈九份老街與十分天燈〉、〈還珠與離散〉、〈蔓莉與莫愁〉、〈過路與拂石〉。這種格式老讓我想起若干名著，諸如《戰爭與和平》、《羅密歐與茱麗葉》、《傲慢與偏見》、《罪與罰》，名字都起得簡單明確，大巧若拙。聶紺弩一九六一年有詩贈高抗，末聯「怕聽收音機裏唱，梁山伯與祝英台」音尺異常但聲調完全叶律。梁祝句「平平仄仄仄平平」，妙合天然，造句如此工巧卻又似順手拈來一樣自然。

填充題「寧（　）毋（　）」的答案不一定就是「寧拙毋巧」，傅青主還說過「寧醜毋媚」、「寧支離毋輕滑」、「寧真率毋安排」；都值得喜愛寫作的朋友細細思考。我還可以補上「寧缺毋濫」和「寧直毋曲」——這幾年文章寫得越來越慢，相信就是這些原因。

責任編輯：羅國洪
封面設計：陳曦成

書　　名：拂石記
作　　者：朱少璋
出　　版：匯智出版有限公司
香港九龍尖沙咀赫德道二A
首邦行八樓八〇三室
電話：二三九〇〇六〇五
傳真：二一四二三一六一
網址：http://www.ip.com.hk
發　　行：聯合新零售（香港）有限公司
香港新界荃灣德士古道
二二〇—二四八號
荃灣工業中心十六樓
電話：二一五〇二一〇〇
傳真：二四〇七三〇六二
印　　刷：陽光（彩美）印刷有限公司
版　　次：二〇二四年六月初版
國際書號：978-988-70506-1-2

香港藝術發展局
Hong Kong Arts Development Council 資助

香港藝術發展局全力支持藝術表達自由，本計劃內容並不反映本局意見。